どんなふう

Samuel Beckett
Comment c'est

サミュエル・ベケット
宇野邦一 訳

河出書房新社

目次

どんなふう

カバー袖写真
—
ブラッサイ

装画
—
三井田盛一郎

装丁
—
小池俊起

1

どんなふうだったか　私は引用する　ピムの前　ピムといっしょ　ピムの後　どんなふうか三つのくだりは　聞こえるとおりにそれを言おう

声　まず外で四方八方からクワクワ　ついで私の中に　喘《あえ》ぎがやむとき　もっと語っておくれ　呪文を唱えるのはやめにして

ときは過ぎ昔の夢が蘇り　いや過ぎ去る夢みたいに生々しく　いやあいかわらずのことやもの　そして思い出　それらを言う　聞こえるとおりに　泥の中でそれらをつぶやく

外にあったのが私の中に　喘ぎがやむとき　私の中に昔の声のぼろ屑《くず》　自分の声じゃ

ない

わが人生　最終状態　言いそこない聞きそこないばかり　かろうじて見出され　かろうじてつぶやかれる生　泥の中　顔の下のほう　束《つか》の間《ま》の震え　どこも欠落ばかり

それでも拾い集めて見れば　どうやらまだましで　あるがまま　時の流れるまま　私の瞬間という瞬間　百万分の一でもない　すべて蒸発　ほとんどすべて　聞いている誰か　記録するもう一人　いや同じ人物

そういうわけでここに第一部　ピムの前はどんなふうだった　続けて私はほぼ順番に引用する　わが人生　最終状態　それから残るもの　ぼろ屑　それを聞く　わが人生多少とも順序どおり　私はそれを学び　広大なときのはるか彼方のある瞬間を引用する　ついでそこ　その瞬間から始め　そして続きの瞬間を少し　広大な時間の自然的順序というもの

ピムの前の第一部　ここにどんなふうに流れ着いたか　問題じゃない　わからないし語らない　そして袋　袋はどこから　そして私　それが私かどうかは問題じゃない

不可能　無力　大したことではない

人生人生　ときどき手に入れたかもしれない光のなかの他の生　そこまで遡るなんて
問題外　誰も私にそんな多くを求めはしない　決してそんなことは　ときどき泥の中
に少々のイメージ　大地　空　もろもろの存在　ときどき光の中に立つ誰か

袋だけが持ち物　手に触れるのは小さな石炭袋　湿った黄麻で五十キロ用　それをし
つかりつかむ　滴《しずく》が漏れる　いま　しかしはるか遠く　広大なとき　始まり　この命
命の最初の兆し　まったく

それから肘《ひじ》をついて体を起こす　私は引用している　私は自分を見て袋の中に潜り
私たちは袋のことを喋っている　そこに腕を潜らせ　缶詰を数え　片手では不可能
それでも試す　いつかできるだろう

缶詰を泥の中に落とし　一つずつ袋の中にもどそうとするが不可能　無力　失うのが
怖い

食欲はない　マグロひとかけら　そこで黴《かび》だらけのを食べる　さあ　ありついた　ありつくだろう　しばらく不足しないだろう

食べかけの缶詰を袋にもどす　または手にとったまま　これを思い出すと食欲が蘇る　いや忘れて他のを開ける　どっちにしても　ここの何かがおかしい　これがわが人生の始まり　いま書いていること

他に確かなことは泥　闇　要約しよう　袋　缶詰　泥　闇　沈黙　孤独　さしあたってこれで全部

うつ伏せになった自分が見える　目をつむる　青のじゃなく　後ろの別の目　腹ばいになった自分が見える　口を開け舌が出て　泥の中を進み一分二分　もう渇きはなく死ぬなんて問題外　この間じゅう　広大なとき

光の中の生　最初のイメージ　誰でもいい誰か　遠くから自分なりにそいつを見ていた　こっそり鏡の中に　窓越しの夜　最初のイメージ

私は自分に言い聞かせていた　彼は昨日よりずっとましで　さほど醜いことはなく愚かでもなく邪《よこしま》でもなく　汚くもなく　老いてもいないし不幸でもない　さらに言い聞かせていた　私とは決定的悪化の果てしない連続

ここの何かがおかしい

私は自分に言い聞かせていた　さほど悪化してはいない　私が間違っていた

しっこにうんちを垂れ流していた　他のイメージ　自分の揺りかごの中　あれからこんなに清潔だったことはない

鋏《はさみ》で蝶《ちょう》たちの羽を一枚また一枚細い帯状に切り　ときには気分転換に二枚そろえて切り　真ん中の胴を解放してやったもの　あれからこんなに気分がよかったことはない

さしあたってこれで終わり　お別れ　私はそれを聞く　泥につぶやく　ここでお別れ

さしあたって光の中の生と別れる　それは消える

泥　闇の中を腹ばいに　自分が見える　これは休止でしかない　旅をしている　休憩でしかない

問題　もし缶切りをなくしたら　別の物がそこにある　または袋が空っぽのときはとかいった類《たぐい》の

おぞましやおぞましや英雄的時代　そのまた次の時代から眺めると　いつのことか最後の　いつのことか　わが美しき　どんな鼠《ねずみ》にだって全盛期というものがある　私は聞こえるとおりに言っている

膝をあげ　背中を丸め　私は袋を腹におしつける　そこで横腹を下にした自分を見るそれをつかむ　袋　袋のこと　背中に回した手のことを喋っている　私は袋を放さず頭の下にずらす　決してそれを手放さない

ここの何かがおかしい

心配ない　私は引用する　それをなくすことなんかない　他のことはわからないし言

わない　それが空っぽになれば　中に頭を潜らせるだろうし両肩だって　頭が底に届くだろう

別のイメージ　すでに　一人の女が頭をあげて私を見つめる　まずいろんなイメージが現れ　それが第一部　それが消えるだろう　聞こえるとおりに私は言っている　泥の中でそれをささやく　いろんなイメージ　第一部　ピムの前はどうだった　泥の中にそれが見え　明るくなり　それは消えるだろう　一人の女　泥の中に見える

女は遠くに　十メートル十五メートル　頭をあげて私を見つめ　しまいにつぶやく大丈夫あの子は勉強中

私の頭　どこだ私の頭は　テーブルの上で休んでいる　テーブルの上で手が震え　私が眠っていないとはっきり女は気づく　風が吹き荒れ　ちぎれ雲が忙しく走り　テーブルは明るみから影に　影から明るみに出たり入ったり

これでおしまいではなく女は虚ろな目で針仕事を続け　針は縫《ぬ》い目《め》にとまり　女は体を起こしまた私を見つめ　私の名前を呼べばいい　立ち上がって私を触ってみればいい

い　いやそうはしない

私は動かず　女はあわて始め　突然家から出て　友達のところに走る

これでおしまい　夢ではなかった　そんな夢を見ていたのではなかった　思い出でもない　私に思い出が恵まれたわけもなかった　こんどは一つのイメージだった　ときどき私が泥の中で見るような　昔よく見たような

トランプを配る手の身振り　種まく人の身振りでもある　私は空き缶を捨てる　音もなくそれらは落下する

それらは落下する　信じられるものならば　ときに路上に同じ空き缶を見つけ　また勢いよく投げ捨てる

起源の泥の生ぬるさ　侵しがたい闇

突然　存在していなかったのに存在するものすべてのように　私は出かける　汚物の

せいではない　他のことは知らない　言わない　そこで旅支度　唐突な連続　主体客体主体客体　続けざまに　そして前へ

袋の中の綱を手にとる　ほらもう一つの客体　袋の上を閉じそれを私の首にぶら下げ両手が必要だとわかっている　それとも本能か　どちらか　そして前へ　右足右腕押しては引っぱり　十メートル十五メートル　停止

だから今までは袋の中　缶詰に缶切りに綱　しかし私に他のものへの欲望は与えられなかったようだ　こんどは他のもののイメージがそこに　私といっしょに泥　闇の中手の届くところにある袋の中　いやそれは誰かが私の生にまぎれこませたものではないようだ　こんどは

役に立つもの　体を拭くための布切れ　そんなもの　または触ると心地よいもの

缶詰のあいだを　欲望に　とりあえずのイメージにまかせてあれこれ探したが無駄そんなふうに探すのに疲れ果て　あとで改めて探すと誓うかもしれない　疲れがとれたとき　少し疲れがとれたとき　または忘れようと努めることにする　ほんとほんと

もう考えるなとつぶやきながら

いやちょっと居心地よくしたいわけではなく　少々の美がほしいのでもなく　喘ぎが
やむとき　そんなことは何も耳に入らず　そんな話をするものはいない　こんどは

わが人生にこんどは訪問客もなく　四方からつめかけ　自分のこと生について死につ
いて私に喋る有象《うぞう》無象《むぞう》の客なんかほしくもない　まるで私のことは何でもなかったみ
たいに　たぶん最後には生きながらえるのを助けてくれて　それからあばよ　次には
おのおの自分のもと来た道に

人さまざまな年寄りたち　おしめやレースでくるんだちっぽけな私を膝上であやして
くれたもの　そのうちあとを追いかけてきた

他の連中はうわさと文書から拾い集めたこと以外　私の登場について何も知らない

他の連中は結局私が最後にいた場所を覚えていただけ　自分のこと私のことを私に語
り　たぶん最後に　まるで何もなかったように滅んだり生まれたりする帝国のはかな

い喜びと苦難を語る

他の連中はまだ私のことを知らない　重たい足取りで　それぞれぶつぶつ言いながら通過し　人けのない場所に避難してやっと彼らは一人になり　内心に抱えていることを吐き出す　本心は見せずに

もし彼らが私を見たら私は孤独の怪物で　はじめて人間というものに出会って逃げもせず　探検家たちはその皮を他の獲物といっしょに持って帰る

突然遠くに足音　声　何もなく　そして突然何か何か　そして突然何もなく　突然遠くで静寂

だから訪れるものもなく生きる　いま書いていること　自分の話以外に話はない　自分のざわめき以外にざわめきはなく　私が破る沈黙以外に沈黙はない　うんざりでもこれといっしょにもちこたえるしかない

問題は他の住人が確かにみんな　大部分がここにいるかどうか　それにここで細心な

誰かの長い議論　ときどき心配になるほど　そう　でも　けっきょく結論は否　私だけが選ばれ　喘ぎがやみ　そしてそれしか聞こえず　かろうじて問い　答え　か細い声で　もし私以外の住人がここにいっしょにいるなら　いつまでも　闇　泥の中　長い議論は血迷い結論　いや私だけ選ばれて

それでも一つの夢　私に夢が与えられる　小娘の愛を味わうかもしれない誰かの夢のように　私の手の届くところに　娘も夢の中の手の届くところに小男の夢を見ているわが人生にこんどは　ときには　こんなこともある　旅の道中の第一部

または同属の肉がなければラマは　その場しのぎにアルパカラマを夢みる　これが自然史というもの

彼はこっちにこないだろうし　私は彼のふさふさした毛に身をすりよせ　しかし付け加えて言う　ここにいるのが動物とはとんでもないこと　魂でなければならず　知性も必要　それぞれ最小限備わっていないのなら身にあまる厚遇というもの

私は自分の空いた手のほうをむき　それを顔に近づける　何もかも欠けているとき

それで楽しめる　イメージ　夢　眠り　熟考すべきこと　ここの何かがおかしい
そして欠けている　大いなる欲求　もっと遠くに行く欲求　食べては吐く欲求　そして他の大いなる欲求　私の大いなる存在範疇《はんちゅう》すべて
そのとき他の部分ではなく　私の空いた手のほうに　聞こえるとおりに私は言う　顔の下側のかすかな動き　泥の中のつぶやきといっしょに
手は私の目の近くにくる　それが見えず目をつむる　何かが欠けている　ふだんは閉じたり開いたりする私の目なのに
それで十分ではないなら　その手を動かす　問題は手　十秒十五秒　私は目を閉じ幕が下りる
それで十分ではないなら　手を顔におき　手は顔全面を覆うが　自分に触るのは好きじゃない　こんどは私の思うようにならない

私は手を呼ぶ　手はこない　これが絶対に必要なんだ　全力で呼ぶ　力不足　私はまた死にかけている

私の記憶　確かに　喘ぎはやんで　問題は私の記憶　確かに　やはりそこに　すべてはやはりそこに　大部分が　この声は実に変わりやすく　私の中でごくかすか　またぼろ屑　ほとんど聞こえない　喘ぎがやむとき　あまりにかすか　あまりに低く　たぶん百万分の一でもない　聞こえるとおりに私は言う　泥に向かってつぶやく　どの言葉もあいかわらず

何　あれについて　私の記憶　その記憶について私たちは語る　それがわずかに改善されようと悪化しようと　何がもどってきても　そこから何ももどってこなくても　しかしそれゆえ確信するまで

確信するまで　もう誰も決して私に光をあてにこないだろうし　それにもう何もなく別の日も別の夜もなく

それから別のイメージまたもうひとつ　もう三つめか　たぶん　もうすぐ途絶えるだ

ろう　まるごと私　それに私の母の顔　それを下から見上げるともう何にも似ていない

格子をはめたヴェランダに私たちはいる　クマツヅラが目隠し　陽の光がいい匂いで赤いタイルにさんざめく　完璧

花と羽根で飾った大頭が私の巻き毛のほうにかがんできて　目は辛辣《しんらつ》な愛に燃え　私は最適の角度で空にむけた私の蒼《あお》い目をさしだす　救いは私たちに空からやってくるたぶん　もう私はわかっている　時がたてばそれは去っていくと

つまりクッションにひざまずき背筋をのばし　寝巻を着てふらつき　折れそうなほど固く手を組み　私は彼女の指図《さしず》どおりに祈る

これで終わりではなく彼女は目を閉じ　使徒伝来といわれる祈りの文句を朗唱する私はちらっとその唇を見つめる

それを終えると彼女はまた目を輝かせ　私は素早く目をあげ　たどたどしくそれを復

唱する

大気は虫の羽音で震えている

それは終わり　それは消える　吹き消されたランプのように

持続する一瞬　過ぎ去るその瞬間　それは私の全過去　かかとに鼠　他は嘘

この昔の時間は嘘　第一部　ピムの前はどうだった　広大なとき　これができること
に仰天して私は這《は》いつくばり　そして這いつくばり　綱が首をこすりつけ　袋が脇腹
に揺れ　片手は前方の壁　穴のほうに投げ出すが　それらは全然近くならず　ここの
何かがおかしい

そしてピム第二部　私が彼にしたこと彼が言ったこと

この死んだ頭みたいな作り話　まだ生きている手　雲に揺れる小さなテーブル　勢い
よく立ちあがる女　風の吹く外に飛び出す

なんだろうと　もう言わない　あいかわらず引用している　これは私かこれは私か
もう私はそいつじゃない　今度その私は消された　どうやってもちこたえるか　どうやってもちこたえるか　私はそれを言うだけ

ピム以前の第一部　ピムを発見する前　それにけりをつけること　もうピムといっしょの第二部しかない　どうだった　それからピム以後の第三部　どうだった　あれこれの広大な時間はどんなふうか

私の袋だけが様変わり　私の毎日私の毎晩　私の季節そして私の祝日　永遠の復活祭とそれが私に言う　そしていつのまにか万聖節[01]　今年は夏がない　同じ年だとすればほんとの春も束の間　私の袋のおかげ　もし瀕死《ひんし》の時期にもやはり私が死に続けるならば

私の缶詰　あらゆる種類　だんだん減っていくが　私の食欲ほど速くは減らぬ　いろんな形　選《え》り好みはしないが　指はわかっている　運まかせにつかむとたちまち

なんとおかしな仕方で減っていくのか　だがここに何かおかしなことがあろうか　何年も下げ止まり　それから突然半分なくなり

連中の言葉　彼らのために彼らの足もとで地球は回り　そしてすべてが回り　これらの言葉は変わらずここに　昼も夜も　どの年も季節も　この同類たち

勘違いする指　諦めた口にはオリーヴが　こんどはさくらんぼをもらうが　選り好みはせず　自分相応の　ここに相応の言葉をさがしはせず　もうさがさない

袋　それが　私の袋が空っぽなら　一つの持ち物　この単語がかすかな音を響かせるここで持ち物とは　短い合間そして同じ響き　だが　結局異常異常　一つの袋がここに私の袋　それがいつか空っぽになるとき　まあ　私には時間がある何世紀も

何世紀も　自分がちっぽけなのはほぼ昔と同じ　でもそれよりまだちっぽけごくちっぽけ　もう物も糧もなく　そして私は生きている　空気が養ってくれる　泥だってあいかわらず生きている

袋　まだ他の腐れ縁もあり　それを腕にかかえ　それに話しかけ　頭を押しこみ頰《ほお》ずりし　唇をつけ　不機嫌なら顔を背《そむ》け　またにじりより　おまえ呼ばわりする

私は言う　第一部と言う　音なし　音節が私の唇を震わせ　そしてまわりと底のほうそれらが私にわからせてくれる

これこそ私に与えられた言葉　ピム以前の第一部　問題　もし私がそれを使い果たしたら　言わない　または聞こえない　二つに一つ　証人をと人が言う　私には証人が必要だろうと

彼は私の方にかがんで生きている　それこそ彼に与えられた生　彼のランプの明かりのなかに潜った目に見える私の全表面　私がずらかるとき彼は体を二つに折って追いかけてくる

少し離れたところに彼の助手が腰かけている　彼が顔の下側のわずかな動きも知らせてやる　助手は帳簿にそれを記す

私の手は近くにこないし　言葉は届かないし　音なしの言葉さえ全然なく　言葉が一つ　自分の手が必要　大いに必要なのに　どうにもならない　それも

ユーモアのセンスは喪失　泣くのはまれになり　同じくそれも同じくそれも　またなくなり　そこにイメージ　あいかわらず闇の中のベッドに座った少年　または小柄な年寄　私には見えない　彼は両手で頭をかかえている　若者でも年寄でも　その心は私のもの

問題　私はいま幸福か　あいかわらず昔のことばかり　ときにはちょっと幸福か　ピム以前の第一部　少し間をおいて　しかもごくかすかに　いや　それを私は感じるはずだ　そして少し追加事項　かすか　幸福にむかないできそこない　不幸　魂の静寂

鼠は　いやこんどはもう鼠はいない　やつらは私にうんざりした　まだ何がある　この時期　ピム以前の第一部　広大なとき

つかもうとして鉤型《かぎがた》に曲げた手が　なじんだ泥水のかわりに潜りこむのは　うつ伏せの尻　彼もまた　その前にまだなんだ　もうたくさん　私はずらかる

汚物じゃなくて別のもの　首に袋をかけて再出発する　準備はできた　第一にすること　片足を自由にしてやる　どっちだ　少し間をおいて　ごくかすかな声　右足はまだました

横腹を下にして横たわる　どっち　左のほうがまし　右手を前に投げ出す　右膝を曲げる　これらの関節が戯《たわむ》れる　指がめりこむ　つま先がめりこむ　よりどころなんだ
泥水とは言いすぎで　よりどころとは言いすぎ　みんな言いすぎ　私は聞こえるとおりに言っている

押しては引っぱり　足は伸び　腕は曲がり　これらの関節がみな戯れ　頭は手の位置にきて　腹ばいで一休み

別の脇腹　左足左腕　押しては引っぱり　頭と上体が浮き上がる　そのぶん摩擦は縮小し　また落下　私は側対歩[02]で十メートル十五メートル這い這いし停止

眠り　眠りの持続　私は目ざめ　最後の一歩にむけて何歩

幻想　私に幻想をめぐんでくれるのか　喘ぎはやみ　生命の空気時計　頭は酸素風船の中三十分間　窒息《ちっそく》して覚醒《かくせい》　四回六回やりなおすだけ　もうたくさん　もうわかった　休んだ　力が蘇った　今日も始められる　これらのぼろ屑　消え入るような　幻想の屑

あいかわらず眠気　睡眠不足　こんなふうでこんどは私に物語ろうとする　のみこまれ吐きもどされ　欠伸《あくび》して欠伸して　あいかわらず眠気　睡眠不足

この声クワクワ　それから私の中で　喘ぎがやんだら　ピム以後の第三部　前じゃないいっしょじゃない　旅をしてピムに出会いピムを見失い　それで終わり　私はピム以後の第三部の中　どんなふうだった　いまはどんなか　聞こえるとおりにそれを言う　順番に　多少とも泥まみれの屑ばかり　わが人生　泥へのつぶやき

おおむね順番にそれを教わる　ピム以前ピムといっしょ　広大な時間　消滅したわが人生　どんなふうだった　ついで今より後　ピムの後　どんなふう　屑ばかりのわが人生

それが順番にやってくるとおりに言おう　私の唇がふるえる　唇を感じる　泥の中に出る　わが人生その残り　いい加減に言われ聞かれ見出され　喘ぎがやむときには　いま泥にむけていい加減なつぶやき　これらみんな遠い過去のことばかり　自然な順番　旅　二人組　見棄《みす》てること　これらみんないまのこと　かすかに　屑ばかり

私は旅をしたピムを見出したピムを失った　これでおしまいこの人生　この人生のあの時代　第一期第二期　それは第三期　それは喘ぎ　喘ぐのをやめ　そしてかすかに聞こえる　どんなふうに私は旅するのか　私の袋　缶詰といっしょに　闇　泥の中　ピムのほうに側対歩で這っていく　そうとは意識せずに　いまはぼろ屑　遠い過去のこと　それらを聞いて　それらをつぶやく　あるがままに　かすかに　泥にむかって

ピム以前の第一部　私は旅をする　これはもう続くはずがない　これは続く　私はずっと落ち着いている　私たちは落ち着いていると私たちは思う　そして落ち着いてはいない　最低　ぎりぎりのところ　聞こえるとおりに言う　そして死という死　もし死がやってくるなら　それだけのこと　死は死ぬ

それは死ぬ　そして地下のちっぽけな庭に鉢植えのクロッカスが見え　サフランがひとつ　日光が壁を這いあがり　そこにひとつの手がそれを持ち　日光のなかに黄色い花を紐でぶらさげ　私は手を見る　しばらくそのイメージ　何時間も　太陽は消え鉢は降ろされて地面に落ち着き　手は消え　壁も消える

光の中の人生のぼろ屑　否定することも信じることもなく聞く　誰が話しているのかもう私は言わない　もう言われない　どうでもいいことにちがいない　しかし言葉ピム以前の今というように　それはない　それは言われない　ただ私のもの　私自身の言葉　聞こえない少々の言葉　わずかな動き　ずっと下のほう　音なし　私にそれができるなら　大ちがい　大あわて

自然を含むあらゆる壮大なものを私は見ている　それが私のものなら泥の中で輝く祈り　机の上の頭　クロッカス　涙に濡れた老人　手の甲の涙　空という空　あらゆる種類　異なる種類　地上の海上の　青から突然金色　そして大地の緑　突然泥の中

しかし言葉　いまのように　言葉　私のものではない　ピム以前　それはない　それは言われない　それが相違で　私にはわかる　そのときといまとの間　相似の間の相

違ひとつ

ピムの言葉　無理やり吐かされた彼の声　彼は黙り　私が介入し　必要なもの全部彼はとりもどし　私はたえずそれに耳を傾けるだろう　だが私の言葉　私の言葉にけりをつけること　ピム以前の自然な順序　私の言うわずかなこと　音なし　一つの人生について私が見るわずかなこと　否定することも信じることもなく　しかし何を信じるのか　たぶん袋　闇　泥　死を　たぶん終わるために　こんなに生きた後で　いろんな瞬間があって

どう流れ着いたのかここに　それは私なのか　問題外　力もないし　関心もない　しかしここは始める場所　こんどは　いま書いていること　第一部　わが人生　袋をしめつける　滴が滴る　最初のしるし　この場所　少々のぼろ屑

ここに　どこかに生きている　どこか　広大なとき　それから終わり　もうここにいない　それからまたここにまた　終わりじゃなかった　間違い　またやり直し　多少とも同じ場所で別の場所で　まるで新しいイメージが彼方　光の中に　病院で意識を回復　闇の中

どれと同じか　どの場所　言わない　私には聞こえない　どちらか　多少とも同じ
もっと湿気って　光はわずか　光は皆無　何と言うか　私はどこか明かりのあるとこ
ろにいた　私は聞こえるとおりにそう言う　ひとつひとつの言葉をあいかわらず

もっと湿気って　光はわずか　光は皆無　そしてざわめきは止み　なじみのざわめき
は　空論の口実　私は滑ったにちがいない　どん底にいる　終わりだ　もう存在しな
い　滑る　続きだ

別の時代　またおなじみの　こんなによそよそしいのに　この袋　この泥水　おいし
い空気　竈《かまど》の闇　色つきのイメージ　這って進めるということ　みんなよそよそしい

しかし　いわゆる進歩　破滅の予感　なつかしい十世紀なつかしい二十世紀みたいに
それについて言えることは　ひそかに　青くさい夢に　ああ　もし四百年前におまえ
が見たならば　なんという激変

ああ　私の若き友　この袋　もしおまえがそれを見たならば　それを私はかろうじて

ひきずることができた　そして今は見よ　私のつむじが底に触れている

そして私には皺《しわ》ひとつない　ひとつもない

無窮の時間の果てで　一時間　私のもの　十五分　いろんな瞬間があって　つまり私は苦しんだ　精神的に苦しんだにちがいない　何度か希望し　同じく絶望し　心は血を流し　一滴一滴心を失い　ときには内心で泣きさえし　音はなし　イメージはもうなし　旅はもうなし　もう渇きも飢えもなく　心は消え失せ　誰かやってきて　ときにはそれが聞こえる　幸福な瞬間だ

希望以前の楽園　私は眠りから覚める　そして眠りに戻る　二つの間にすべてがある為すべき耐えるべき　しくじるべき片づけるべき　首尾よくやりとげるべきすべてのことが　泥が深淵になる前に　こんどはそれを私に告げたいようだ　ピム以前のわが人生　第一部　ひとつの眠りからもうひとつに

それからピム　無くなった缶詰　手探り　尻　いろんな叫び　私の音なしの叫び　芽生える希望　嬉々としてすがり　それを後にし　心が消え失せるのを感じ　おまえが

到着すると言うのを聞くこと

ピムといっしょ　いっしょだったこと　ピムが背後にいたこと　彼はもどってくるだろう　ピムよりましな別人がくるだろう　と人が言うのを聞き　彼が到着する　右足右腕　押しては引っぱり十メートル十五メートル　闇　泥の中でじっとしている　そしておまえのうえに突然一つの手　おまえの手がピムにふりかかるように　二つの叫び　彼の音なしの叫び

おまえの声はかぼそく　やっと聞こえるばかり　彼の耳にむけて言うだろう　一生おまえはちっぽけな一生を送るだろう　彼の耳にそう　言うだろう　それは別のことまったく　別の音楽　ちょっとわかるだろう　ピムのように　ちっぽけな一生の音楽しかしおまえ自身の口のなかで　その音楽は新しく響くだろう

それから　まったくあいさつもなく消え去る　終わりだろう　この時代も　どの時代も　でなければただおまえの終わり　もう旅はなく　二人組もなく　見棄てることもなく　もう全然どこにも　それが聞こえる

ピムの前はどうだった　まずそれを言うこと　それ　自然の秩序　同じもの　同じこと　私に聞こえるとおりにそれらを言うこと　泥にむかってつぶやくこと　たった一つの永遠を三つに分けること　もっと明瞭になるように　私は目覚め　そして立ち去る　一生の間　ピム以前の第一部　どんなふうだった　それからピム　彼といっしょでどうだった　それから以後は　もうこれしかない　ピムの後はどうだった　どんなふうか　喘ぎがやむとき　ぼろ屑　私は立ち去る　わが一日　わが人生　ぼろ屑

眠りこけた　眠りこけた自分が見える　横腹または腹　どちらか　横腹を下に　どっちの側か　右側　そのほうがいい　頭の下に袋　または腹におさえつけ　腹におさえつけ　膝をあげ　その近くに背中を丸め　ちっぽけな頭を膝に近づけ　袋のまわりに巻きついた　ベラックワ[03]　横向きに倒れ　待つことに飽き　恩寵《おんちょう》の住まう心たちに忘れられ眠りこけて

自分の宝に体を巻きつけたのは何の虫だかわからない　私は手ぶらで自分に　自分の居場所にもどる　まず何だ　自分に尋ね　しばらくそれでもちこたえる

長いわが一日　わが人生を何から始める　いま書いていること　しばらくそれでもち

こたえる　自分の宝物にとぐろを巻いて　耳をそばだて　なんてこと　それをつぶやかなくてはならない

二十年百年　音ひとつしない　そして耳を傾ける　灯りひとつない　そして目を見開く　四百回　私のただひとつの季節　袋に固くしがみつき　缶詰が鳴る　この闇の穴の静寂に　やっと初めての安らぎ

ここの何かがおかしい

泥　決して冷えず決して乾かず　乾かぬまま　私にふきつける生ぬるい蒸気を含んだ空気　水かまたは何か他の液の蒸気でいっぱいの空気　私はその空気の匂いをかぎ何も感じず百年　匂いもないまま　空気を吸い込む

何も乾いていない　袋を抱きしめる　第一のほんとの生きているしるし　それが滴をたらし　缶詰が鳴り　全然乾かない髪　電気もなく　髪をふくらませることもできず櫛でとかすこともあるが　おや後ろに別の品物が　私の蓄えの中では異物　いまはもうない　第三部　ほらそこに　別のちがうもの

出発にあたってはまず気力　出来事が押し寄せてくる前に　満ち足りて　ああ魂　あの平等の時代に私はそれを持ちあわせていた　だから伴侶にだって恵まれた

あいかわらず私の一日　ピム以前の第一部　わが人生　いま書いていること　まさに始まり　まったく　ぼろ屑　自分に　私の居場所にもどる　闇　泥の中　袋をだきしめる　それが滴を垂らす　缶詰が鳴る　私は支度し　私は出発する　旅の終わり

幸運のことを語る　人はためらう　このささやかな単語　運について語ること　最初のアスパラガス　膿《うみ》を出す吹き出物　でもちょうどいいときに　それはそう　でもそう　ピムの前ピムといっしょピムの後　広大な時間　楽しいとき　それより悪いときについて　私が何を言おうと　それにだって備えなくては　ささやきが聞こえる　すかさずそれをつぶやく　どこかで拾ったなじみのぼろ屑　そのほうがまし　誰かが聞き　別の誰かが記録し　あるいは同じ誰かが　決して呻き声はなく　ときどき内心の涙　一粒の真珠　音なし　広大な時間　自然の秩序

突然　生起することすべてがそうであるように　爪の先でやっと同類にしがみついて

いるアルプスの　または洞窟《どうくつ》のイメージ　金曜に笑う連中には酷い瞬間[04]　ここで言葉が役に立つ　泥は沈黙

だからここでは出発前のあの試練　右足右腕　押しては引っぱり　ピムにむかって十メートル十五メートル　そのことを意識せず　その前には　缶詰が鳴り　私は転びそれといっしょにしばらくもちこたえる

笑うべきこと　ほとんど　実際　考えてみると　転落し泣きわめいてぶらさがっている感じ　顔の下側の瞬間の震え　音なし　失うはずのこと　そしてあのかがやく泥を考えられるなら　喘ぎはやみ　かすかにそれが聞こえ　それで一週間笑いっぱなしもしそれを考えられるなら

排気　風船　なけなしのものから残ったなけなしの空気　おかげでまだ立っていられる　笑いながら泣きながら　そして思うことを言いながら　肉体的なことはなく　健康は脅かされず　私からの一語　そして私はまた復活　口をあけて頑張る　一秒も一つのすかし屁も失わないように　それにだって意味があり　口から飛んで逃げてしまう　泥の中では音もしない

言葉がやってくる　私たちは言葉の話をする　私はまだ言葉を持っている　信じなければ　この時代に　私しだい　たった一つでけっこう　はあ　その意味は母さん　どうしようもない　口をあければ　それは即刻やってくる　または瀬戸ぎわで　または二つのあいだ　すきまはある　はあ　その意味は母さん　または別のこと　かすかな別の雑音　別のことを意味する　なんでもいい　最初にやってきて私を自分の地位にもどしてくれる音

過ぎ去るときが私に物語られる　そして広大な時間のうち過ぎ去ったとき　喘ぎがやむ　そして大げさな物語のぼろ屑　聞こえたとおり　つぶやかれたとおり　この泥に泥は私に物語られた　順番に自然に　第三部　ここにわが人生はあり

わが人生　順序どおり　多少とも　現在のこと　多少とも　ピム以前の第一部　どんなふうだった　これら昔のことは　旅　最後の行程　最後の一日　私に　私の居場所にもどる　袋を抱きしめ　袋が滴をたらし　缶詰が鳴り　種の破滅　沈黙の言葉　わが人生の始まり　いま書いていること　わが人生を続行しようと出発することができる　これでもまだ人間だろう

何だ　まず　まず飲む　腹ばいになる　しばらくそれが続く　私はそんな様でしばらくもちこたえる　口があく　ついに舌が出て　泥まみれに　それがしばらく続く　たぶんちょうどいい頃合い　たぶん最良　どう選ぶ　泥のなかの顔　あいた口　口の中の泥　消えていく渇き　奪回された人間性

ときどき　この姿勢で　美しいイメージ　美しいとは動きのせい　色彩　青と白の色風に吹かれる雲に雲　まさにこの日　泥をかぶった美しいイメージ　それを描写してみせよう　それは描写されるだろう　それから出発　右足右腕　押しては引っぱりピムのほうへ　彼は実在しない

ときどき　この姿勢で　また眠りこみ　舌はひっこめ　口は閉じ　泥は開き　寝入るのは私で　飲むのをやめて寝入り　または舌が外に　そして一晩中飲み　ずっと眠気がして　それが私の夜で　いま書いていること　他にはない　ずっと眠い時間　最後の眠りまでどれくらい　人間たち動物たちの最期　私は目を覚まし　それを自問しあいかわらず引用し　それでしばらくもちこたえ　それがまた一つの蓄え

舌は泥まみれ　それもありがち　たったひとつの癒《いや》し　そこで舌をひっこめ　口の中でまわし　飲みこみ　または吐き出し　問題はそれが腹の足しになるか　その見こみは　しばらくそれでもちこたえること

それで自分の口をいっぱいにする　それもありがち　私の蓄えのなかの別のもの　しばらくそれでもちこたえる　問題は飲みこんだものが私を養ってくれるかどうか　それで開けてくる見こみは　これは幸せなとき

泥の中の薔薇《ばら》　舌が飛び出し　その間両手は何をしている　いつも見ていなければ見ようと努めなければ　両手のすること　それがしようとすること　ところで左手は前に見たとおり　あいかわらず袋をしっかりつかみ　そして右手は

右手　私は目を閉じる　青のじゃなく　後ろの別の目　ついにそれをかいま見る　下のほうの右側　いっぱいに伸ばしたその腕の先　鎖骨の軸にそって　私は聞こえるとおりに言っている　泥の中でそれは開いて閉じ　また開いては閉じ　それは私の蓄えのなかで別のもの　助けになる

右手は遠くにあるはずがない　一メートル足らず　遠く感じる　いつか消えてしまうだろう　四本の指　親指はなくしてしまった　ここの何かがおかしい　右手は私を見棄てるだろう　それが見える　目を閉じる　別の目　そして手を見る　それは四本の指を錨のように前に投げだす　指先がめりこむ　引っぱる　そんなふうに遠のいていく　少しずつ水平にもちなおし　こんなふうに私は進んでいく　少しずつ　それが助けになる

そして両足と両目　二つの青はたぶん閉じ　ところで　いや　なにしろ　突然　それはイメージ　最後のやつ　突然そこ　泥の中　聞こえるとおりに私は言う　自分が見える

十六歳の頃だ　そしてなおいいことには素晴らしい天気　馬鹿みたいな青空　ちぎれ雲の列　私は背をむけ　娘も同じように　私は抱き　娘が手をとり　私は尻を抱き

信じるなら私たちは　エメラルド色の草を散りばめた色になり　信じられるなら　四月か五月の花々と季節のなつかしい夢　なおも信じられるなら　背景もいろいろ　白い柵や観覧席もあって　古びた薔薇色　私たちは四月か五月の競馬場にいる

頭をあげて私たちは見つめる　私は想像する　私たちは　私の想像では　目を開き前方をまっすぐ見つめ　互いに彫像のように不動で　腕だけ揺れ　組み合ったその手は絡みあい　他には何

空いたほうの左手に　正体不明の品物　結果として　彼女の右手の短い綱の端につながれた犬は中くらいの大きさ　さえない灰色　斜めに坐り頭を下げ　これらの手は不動

問題　なぜこの広大な緑のなかで犬をつないでいるか　そして少しずつ灰と白の染みの誕生　少しずつ子羊たち　母親たちに囲まれて　他には何　風景の奥　四千五千メートル　それほど高くない山の青みがかった塊　私らの頭のほうがその天辺《てっぺん》より高い

私らは手をほどき　振り返る　私は右回りに　彼女は左回りに　彼女は綱を左手にそして私は同時に例の物を右手に移す　それは白っぽい小さな煉瓦《れんが》　空いた手は絡みあい　腕は揺れ　犬は動かないまま　私たちが私を見ている感じがして　私は舌を引っ込め　口を閉じ　そして微笑む

正面からみれば娘はそれほど醜くはない　私のほうは彼女に興味がない　私の短く刈った蒼白い髪　にきびだらけの大きな赤ら顔　はち切れそうな腹　開いたままの前あき　X脚　細い足首　離れた膝のところで曲がり　安定するように足を百三十度開きこれから立ち上がる人生の影におめでたい薄笑い　緑のツイード　黄色い編み上げ靴色とりどり　黄水仙かそんなものがボタン穴に

また内向きに半回転　九十度のところで　束の間対面し　持ち物を移しかえ　また手をつなぎ　腕を揺らし　犬はじっとして　私は尻を抱き

突然さあ左に右に　私たちは出発　呑気に　腕をふりながら　犬は追いかけてくる頭を垂れ　尻尾をふぐりにつけて　私たちには無関心　彼はマルブランシュ[05]と同じ時に同じ観念を思い浮かべた　それほど薔薇色のじゃない　私の持っていた人文学的知識　犬は小便するならすればいい止まらずに　私は叫ぶ　音なし　そこで彼女を見棄て　走って消え　血管を切るがいい

短い暗転　私たちは再び頂上に　犬は斜めにすわり　ヒースの中　鼻づらを黒と薔薇

色のペニスに下ろし　それを舐《な》める元気はなく　私たちは反対に内向きに半回転し
束の間対面し　持ち物を移し　手をつなぎ　腕を揺らし　黙って海と島々を観賞し
町の煙のほうに二つの頭を一塊みたいに回し　黙って建物を探し当て　二つの頭は車
軸でつながったようにもとにもどる

突然私たちはサンドウィッチを食べ　それぞれ自分のをかわるがわるほおばり　甘い
言葉を交わし　愛《いと》しいきみ　私は噛《か》み　彼女は飲みこみ　愛しいあなた　彼女は噛み
私は飲みこみ　ずっと口がいっぱいで　甘い言葉も言えない

好きな人　私は噛み　彼女は飲みこみ　大切な人　彼女は噛み　私は飲みこみ　短い
暗転　また私たちは離れ　野原を横切り　手をつないで　腕を揺らし　ますます小さ
くなる山頂のほうに頭をあげ　もう私には犬が見えず　もう私たちが見えず　場面は
消える

動物たちがちらほら　また羊たち　花崗岩《かこうがん》でできたみたいに姿を現す　見えなかった
馬が立ったまま動かず　背中を曲げ　頭を下げ　動物たちはわかっている

空の青と白　一瞬　まだ四月の朝　泥の中　終わった　できあがり　それは消える　私はイメージを手に入れた　場面は空っぽのまま　動物たちがちらほら　そして消え　もう青はなく　私はここに残っている

あそこ　泥の中の右側　手が開いて閉じ　それが消えてくれたら私は助かる　まだ自分が微笑んでいるのに気づく　もう骨折りには及ばない　ずっと前からもうそれには及ばない

舌が出て泥にまみれる　私はここに残っている　喉の渇きはおさまり　舌を引っこめ口は閉じ　いまは直線に進むはず　もう終わり　できあがり　私はイメージを手に入れた

それはしばらく続くはずだった　ちょっとの間それで私はやりすごした　心地よいときになるはずだった　もうすぐピムの番だ　私には理解できない　言葉がたどりつけない　もうすぐ孤独は終わり　失われる　もうすぐ　こんな言葉たちは

道連れに出会ったところ　私を楽しませてくれるから　聞こえるとおりに言う　恋人

といっしょ　四月か五月の空の下　私たちは消えた　私はここに残っているむこうの右側　引っぱる手　固く閉じた口　見開いた目は泥にはりつき　たぶん私たちはもどってくる　たそがれ時だろう　子供時代の土地　それが少しずつきらめき竜涎香《りゅうぜんこう》がたなびき　灰色の濃淡のなかで消え入りそうで　そこが燃えたにちがいない私に私たち二人がまた見えるとき　もう私たちはすぐ近くにいる

たそがれ時　私たちは意気消沈して帰る　もうむき出しの肌しか見えない　仲良しの顔　東向きにあげ　絡み合った手の揺れる明るみ　意気消沈してゆるやかに　私たちは私のほうに上昇して消える

真ん中の腕と腕が私を貫き　体　影の一部が一つの影を貫き　場面は泥の下で空っぽ最後の空は消え　灰は濃くなり　私にとってもう他の世界はなく　ものすごく美しい私の世界だけ　ただしこんなふうじゃなく　こんなことは起きない　こんなふうにはたぶん私たち二人が元にもどるのを　私は待っている　そして私たちはもどらないひょっとして　夜が私につぶやくのを待っている　朝が私に　その日がその朝に歌っ

たこと　夜はない

なお持続するために別のことを見つける　問題は誰のことか　どの存在　どの地点か
こんな類《たぐい》　どこから来るのか　この見世物　この類　むしろ何も食べない　ひとかけ
ら

しばらく続いたにちがいない　最悪のことがあるにちがいない　裏切られた希望はさ
ほど悪くない　一日が無事に過ぎた　ひとかけら食う　それは続くだろう　ひととき
それはいいときだろう

それから必要に応じて　私の苦痛　とりわけどれ　手の届かない深いそれ　そのほう
がいい　私の数々の苦痛という問題　解決　それでしばらく持たせる　それから出発
汚物のせいじゃない　他のこと　わからない　言わない　旅の終わり

右足右腕　押しては引っぱり　十メートル十五メートル　到着　新しい場所　再適応
眠りに祈ること　待ちながら　問題　必要に応じて　誰のことだったか　どの存在
地上のどこか

いいときがくるだろう　次にはそれほどよくないときも　それにも備えておかなければ　それは夜だろう　いま書いていること　私は眠れるだろう　そしてもし目が覚めたなら

そして仮に　音なしで笑い　目を覚ますなら　大急ぎで　大あわて　ピム　第一部の終わり　もう第二部しかない　それから第三部　もう　第三部そして最後しかない　喘ぎはやみ　横腹を下に　どっち　右のほう　こっちのほうがいい　私は袋の端を開く　何が問題　いまいましい　私は何が欲しいのか　何に飢えているのか　私の最後の食事は何だった　こんな類　時は過ぎ　私は留まる

袋の場面だ　両手は端を開き　まだ何を欲しがることができようか　左手が袋の中に潜り　これが袋の場面　その後は腕　脇の下までそして後は

左手は缶詰の間をさまよい　数える気にはならず　一ダースほどと言い　どうやら最後の海老を自分のものにする　こんな細部は　なんかあったほうがいいから

その手は卵型の小さな缶を取り出し　片手にうつし　缶切りをとりに戻る　やっと見つける　明るいところに持っていく　缶切り　取っ手は骨を紡錘型に削ったもの　その感触がこう命じる　休め

両手　両手は休みに何をする　親指と人差し指を別々に見ることは難しい　指先の脂肪と　二番目の指骨の外側　ここの何かがおかしい　それらが袋をつかみ　残りの指は品物を掌に押しつける　缶詰　缶切り　こんな細部　何もないよりまし

一つの誤り　休憩　休憩のことを喋る　一つの誤り　何度も　突然　この段階で　聞こえるとおりに私は言う　この姿勢で　両手は突然空っぽ　袋をつかみながら　いつもこれ　そういつも　他は　突然空っぽ

あわてて探す　泥の中　缶切り　それがわが命　でもそれは何にでもあてはまる　何についても　それからずっと　私の哀れな迷い子　広大なとき

休憩　だから私の過ちが私の人生　膝があがり　背中は曲がり　頭は袋の上に落ちつ

き　両手の間に私自身の袋　私自身の体　これらの部分すべて　それぞれの部分

私　私ということ　何か言うために　聞こえることを言うために　竈《かまど》[06]の中で喘ぎがや
むとき　最後に臍《へそ》が見えるかもしれない　そこに息　五月の蝿《はえ》の羽を震わすほどでも
ない　口が開くのを感じる

下腹は泥にまみれ　私は平穏な吉日を見た　蒼穹の頂点には晦渋なヘラクレイトス[07]
広げた黒い大きな不動の翼の間　ぶらさがっているのが見えた真っ白の体は何の鳥か
遠くに飛ぶ海鳥　南氷洋でわめくアホウドリ　私のいざこざ　なんてこと　あたりま
えな話　いい目に遭ったことも

しかし旅の最後の日いい日　見こみちがいはなく特別なこともない　休みに行ったら
もどってくる　両手を放っておいたから　何も失うものはないし　もう何も目に入る
こともないだろう

袋　わが人生　決して私は手放さないが　ここで手を放す　両手が必要　旅をしてい
るときみたいに　頭のなかでつながる　これらの閃光　うっとりするほど空虚で暗黒

それから突然一つかみのおがくずみたいに燃えあがり　見世物　そのときは

必要　旅　ごくかすかに私が言うのはいつ　もっと後　もっと後　ある日　かすかに
私として　私自身の声

両手で　だから　私が旅をするときみたいに　または間に自分の頭をはさみ　光の中
の高い所で頭をかかえたものだった　だから私は袋を手放すが　瞬間だけで　それは
私の命　私はだからその上に寝そべり　あいかわらずそれを放さない

黄麻の上からあばらをひっかき　残りの缶詰のへり　こんがらがったへりをひっかき
黄麻はぼろぼろ　あばらの上のほう　右側のほう　あばらを支えているところの上
私の命はその日まだ私から逃げはしないだろう　この人生はまだ

私が生まれたとしたら左利きではなく　右手が片手に缶をわたし　そしてこっちの手
はあっちに　同じ瞬間に　道具をわたす　きれいなささいな動き　指と掌のめまぐる
しい動き　ちっぽけな奇跡　おかげで他にもいろいろあるなかのちっぽけな奇跡　お
かげでまだ私は生きている　まだ生きていた

十か十二の話の種をむさぼるしかない　缶詰を開け　道具を片づけ　開けた缶を少しずつ鼻に近づけ　申し分ない新鮮さ　はるか遠くの月桂樹の幸せの香り　夢見ることまたは缶を空にしないこと　またはそれを捨てないこと　またはこれらすべてなし言われない　私は見ない　大したことじゃない　口を拭う　いつものこと　その続きそして結局

両腕に袋をかかえ　自分のほうに引き寄せ　軽すぎ　それに頬をすり寄せ　袋にしては大舞台　それは終わり　こんどは背中において　一日は無事に過ぎ　やっと目を閉じ　そして苦しみに備える　それでもうちょっともちこたえられるように　そして待ちながら

睡眠を祈るが無駄　まだその権利が私にはない　まだそれに値しなかった　祈りのための祈り　何もかも欠けているとき　魂たちのこと　苦しみ　ほんとの苦しみ　決して眠る権利をもたないほんとの魂たちのことを私が思うとき　人は眠りについて語る私はその魂たちのために祈ったことがある　昔の写真をたよりに　それは黄ばんでしまった

あいかわらず私　いつも　そしていたるところ光の中　年齢不詳　後ろから見ると
膝をつき　尻を浮かし　ごみの山の天辺に　底の破れた袋をかぶり　頭がはみ出し
歯の間には　馬鹿でかい軍旗の横棒　そこに私が読むのは

なんじの慈悲により　ときどき　地獄落ちの大それた輩《やから》たちも眠らんことを　ここで
読めない言葉　折り目のところ　それからたぶん心地いいときを夢に見んことを　彼
らの迷走はこれに値した　このあいだ悪魔たちは休んでいることだろう　十秒十五秒
眠り　唯一よいこと　顔の下側に束の間の動き　音なし　唯一よいこと　この古くな
った二つの炭火を消しに来い　もう何も見るものがない　そして火で割れた古い竈
そしてこのぼろぎれの中

すみずみまでこんなぼろぎればかり　髪から手足の爪まで　まだそれ自体から少しの
感覚が　その部分のひとつひとつに残っている　そして夢
夢よ　空から地から　地底から　その中じゃ私は気づかれず　やれやれ　音はなし

尻の中には熱い杭　この日私たちはそれ以上祈らなかった

何度も膝をつき　何度も背後から見える膝をついた姿勢　背中をいろんな角度に曲げて停止し　跪くたびに　背中もいっしょに　それが私でなくても　それはいつも同じ惨めな慰めだった

二倍も大きすぎる尻　片方の半分以下の小さすぎる尻　目の錯覚のせいでなければここでは糞をたれるときは　泥が拭いてくれる　もう何世紀も私は触ったことがない比率は四対一　いつだって算数は好きだった　算数は存分に楽しませてくれた

ピムの尻は小さくても　似たり寄ったりで　三番目が必要だったかも　私は　めくらめっぽう　そこに缶切りをさしこみ　ここの何かがおかしいのだが　まず私の旅の人生を終わりにすること　ピム以前の第一部　どんなふうだったそれは　もう第二部しかない　それから第三部　もう第三部そして最後しかない

私がまだ私の同類そして兄弟たちの真ん中で　壁すれすれに歩いていたとき　私はそれを聞き　それをつぶやく　そのとき　彼方の明るみの中　体が痛むたびに　精神は

私を冷たく見放すが　助けを求めて私は叫ぶ　百に一度は　ある種の幸福とともにめったにないことながら飲みすぎたときのように　ごみ収集の時間に昇降機から出ようともがいて踊り場とケージの間に足をはさまれ　正確に計って二時間　空《むな》しく助けを呼んだあと誰か急いでかけつける

昔からの夢　私はだまされない　いやだまされる　場合による　どんな場合とは言わない　日々のこと　どんな日かによる　さらば鼠たち　船は難破した　よしてくれと願いたい

でたらめはよしてくれ　どうしようと　いつだろうと　時間のこともほどほどに　存在すること　存在しないこと　過去現在未来　そして条件法　さあさあ　続きと終わり　ピム以前の第一部

直腸に火がついた　どうやって切り抜けた　苦しみの情念についての考察　出発の誘惑には勝てない　そのための支度　無難な旅程　突然首尾よく到着　残り火　消火　さあこれは夢か

一つの夢　ついてない　袋の死　ピムの尻　第一部の終わり　もう第二部だけ　それから第三部　もう第三部そして最後だけ　タレイア[08]　どうかおまえの木蔦《きづた》の葉を

速く　頭を袋の中に　そこで失敬ながら　私はあらゆる時代の苦痛を味わって　もうちっとも気にならない　それぞれの細胞の中は大笑い　それで缶詰はカスタネットの音を立て　揺れる体の下で泥はごぼごぼ音をたて　私は屁と小便を同時に

旅の最後の吉日　この世の春みたい　冗談は色あせ古び　痙攣《けいれん》はおさまり　私は空の下で　まじめな用事にもどり　アブラハムの懐《ふところ》[09]に飛んでいくためには小指一本動かせばいいだろう　そんな懐がどこかにあるといい

にもかかわらず少々の思案　改善を願って　動物界の様々な秩序における幸福感の脆さについて　まず海綿動物から始めながら　さあさあ　もう一秒たりともじっとしていられないとき　この話は吹っ飛んで　だから

排出物　いや　それらは私　しかしそれらが好きなんだ　古い缶にはまだ中身が残り

なげやりに放置　もう他のものはなく　泥がすべて呑みこみ　ただ私をかかえ　私の二十キロ三十キロ　その下で泥は少し譲り　それからもう譲らず　私は逃げはしない私は島流し

あいかわらず同じ場所に　他の野心などもったことがない　私の不動の少々の重さといっしょ　この生ぬるい汚辱のなかに自分の巣穴を掘る　そしてもうそこを動かない昔からのこの夢が舞いもどる　いまのところそれを生きる　そしてこれからも　まだ長いこと　わかり始める　何が貴重か　何が貴重だったか

黒い空気をたっぷり一飲み　ついにわが旅人の人生にけりをつけ　ピムの前　第一部どんなふうだった　次の部の前　ピムといっしょの不動のとき　ピムの後　どんなふうだった　いまはどんなふうか　いろいろの広大な時間　もうそこに何も見えず　彼自身の声を聞き　そしてはるかな天頂の三十二の区域から　そして深みから現れたこの別の声　さらには私の内部で　喘ぎがやむとき　ぼろ屑　私はそれをつぶやく

このそわそわ　私の居場所はもう一秒も続かないので　まったく小指をあげることもできない　それで実現するはずだったのは　私の下の泥が開いてまた閉じるということ

と

問題　昔からの問題　この混乱　毎度　もしや毎日のことかどうか　この言葉それがこの混乱をつぶやくのを毎日聞かなくちゃならないか　もしや毎日　それは私を駆りたて　私の汚物の外に投げ出してくれるのか

そして一日　結局終わりがすぐ間近　その一日は千日でできているのではないか　昔からの良問　頭にとっては酷い　いつだってすべてのことでも何でなくても　自問できるならなんと美しい

ピムの精密時計をもっているとは　ここの何かがおかしい　それに計測するものが何もない　だからもう何も食べない　いやもう飲まず　それにもう食べず　もう動かずもう眠らず　もう何も見ず　もう何もしない　これがたぶん繰り返される　これらみんな一部分　そうというのが聞こえ　それからちがうと言う

声　声の時間を計測する　声は私のじゃない　沈黙　沈黙の時間を計る　私を助けてくれるかもしれない　私は何かが何かするのを見るだろう　神さま

神を呪うこと　音なし　心の中で時間を記す　そして正午零時を待つこと　神を呪うこと　あるいは祝福すること　そして時間を正しく計って待つこと　しかし日々　この単語　またどうするのか　記憶もなしに　袋からぼろぎれをつかみだし　結び目を作る　あるいは綱　力はなく

しかしとにかくわが旅の人生にけりをつけること　ピム以前の第一部　泥の中の名なしの蠢《うごめ》き　泥は私　聞こえるとおりに言う　袋の中をかき回し　綱を取り出し　袋の端をくくりつけ　首にぶらさげ　自分は腹ばいになり　別れの挨拶を言い　音はなし　私は飛んで出ていく

十メートル十五メートル　左の横腹半分　右足右手　押しては引っぱり　腹ばいに　静かに射精　右の横腹半分　左足左手　押しては引っぱり　腹ばいに　静かに射精　この描写　一言も変更しないこと

ここで計算ちがい　つまり方向をそれたのは数秒以上ではない　ある昼ある夜気づかぬうちに出発し　定められた方向に　偶然必然　どっちも少しずつ　それは一つ　そ

れは西から出て三方向の一つ　西から東らしい

そういうわけで泥の中　闇　腹ばいでまっすぐに　二百三百キロメートル　やや多くやや少なく　つまり八千年かけて　もし地球を回るのをやめないなら　つまりそれに等しい距離を進むなら

私はどこで教育を受け　数学に天文学それに物理学の考え方を知ったのか　わからないまま　たたきこまれたんだ　それで十分

これらの地平のすべてに気を配っても　私は疲労を覚えない　それでも表に出てしまう　横腹からもう片方の横腹へのもっと辛い切り換え　途中の腹ばい状態の延長　沈黙の呪いの倍加

突然ほぼ確信　もう一センチ進めば私は谷に落ちると　または壁に激突　わずかだが私は苦労の甲斐あってわかっている　そんなことを望むとすれば　私の夢想はおしまい　私は着いた

生きていないことを嘆いていた殿上人たち　奇妙だ　こんな時に　頭のなかにこんなあぶく　いまはみんな死んだ　いまは他の連中も　彼らにとってそれは生きていることではなく　その続きを知ればいかにも奇妙　彼らのことはわかる

みんなわかった　あいかわらず　ただしたとえば歴史と地理をのぞいて　みんなわかった　そして何も許せなかった　何も否認しなかった　ほんとに　動物に対する残酷さだって　何も愛さなかった

こんなあぶく　するとそれは弾け　一日もう私に大したことは起きない

弱すぎてはいけない　わかった　もっと弱くなりたいなら　だめ　できるかぎり弱くならねばならない　そしてさらにもっと弱く　私は聞こえるとおりに言う　言葉ひとつひとつを　あいかわらず

私の一日　私の一日　わが人生　いつもこんなふう　昔の言葉がぶり返す　大したことはなく　ただ自分をまた宥《なだ》める　そして眠りまでもちこたえる　やたらに眠らないこと　それならわざわざ眠らないこと

やたらに　いやもっと悪いのは　ポツダムで生まれたヘッケル[10]みたいに変身すること
他でもなくクロプシュトック[11]もそこで暮らして仕事をした　葬られたのはアルトナだ
が　そこに彼の落とした影

夕方　大きな太陽に向かって　またはそれを背後に　もうわからない　それが大きな
影を落とすとは言わない　生まれ故郷の東方に　私の教わった人文学に　神さま　そ
れといっしょに少々の地理学

他に大したことはない　だが尻に毒　ラテン語を忘れた　油断してはならない　だか
ら　いい頃合にもうろうとして腹ばいに　それから突然始める　それを聞いても信じ
られない

聞くところでは　昨晩ノヴァヤゼムリャ[12]から出発したみたいに　私の知っている地理
亜熱帯の群庁で私は正気の自分に戻ったところ　これが私の状態だった　こんなこと
になった　またはいつもこんなふうだった　どちらか

問題　いつもいいものだったか　昔の問題か　いつもこんなか　あれから世界は　私にとって世界とはわが母のつぶやき　信じられない騒動の中に　ひり出され

こんな有様　一歩も進めず　特に夜には　片足で支えてじっとしているのではなく目をつむり　息を止め　追ってくるもの　助けにくるものを待ち伏せて

私は目を閉じる　いつも同じ両目　頭を起こし　首が痛み　両手は泥の中でひきつっている　そんな自分を見る　ここの何かがおかしい　息を凝《こ》らし　それが続き　私は続け　こんなふうに気分のいいとき　顔の下側が少し震えるまで　私が独り言　何か自分に言えるようになったしるし

こんな瞬間に何を自分に言えるのか　わびしい慰めの真珠の粒　おりよく　あいにくこんな類《たぐい》　さほど冷たくはない　けっこう　なんてこと　こんな類　さほど熱くない喜びに苦しみ　この二つ　この二つの合計を二で割り　地獄の入口みたいに生温か素早く言われ　なんとか見つかったら　素早く言われ　唇は凍りつき　まわりの肉も全部　両手は開き　頭は下がり　もうちょっとめりこみ　もう沈まない　これはいつ

もと　あるときと同じ王国　そしてあいかわらず　私は出たことがなく　そこは果てしない

神のみぞ知る　私はおおむね幸せか　でも決してこれ以上ではない　決してこの瞬間ほどでは　幸福不幸　わかってる　もうわかっている　でもその話をしてもいい

彼方《かなた》　もしあっちの上のほうにいたなら　もう星々が　そして鐘楼に　短いときいまはもう耐え忍ぶことも少しだけ　いつまでもこんなふうにじっとしていてもいい

しかしそうはいかない

綱をほどく　袋のほうも首のほうも　そうする　そうしなければならない　これで解決　私の指がそうする　私は指を感じる

泥　闇の中　泥の中の顔　両手　どんなふうでも　ここの何かがおかしい　手に持った綱　全身　どんなふうでも　それはもうすぐ　まるでそこのその場所だけで私が生きてきたかのように　そういつも生きてきた

神はどこかに　ときどき　この瞬間に　しかしいい日にでくわしたもの　私は一切れだけ食べるつもりだが食べないだろう　口があき　舌は出ず　口はすぐしまる

左側で袋が私に付き添い　私は右の横腹を下に横たわり　軽くなった袋を両腕でかかえると両膝があがり　背中が曲がり　頭は袋の上に落ちつく　こんな動きをどこかでもう経験したはずだ　これが最後だとすれば

いまは　はいかいいえか　唇の間の袋の襞《ひだ》　それは口の中ではなく唇の間　玄関口

与えられた生に反して　唇は厚いまま　二つの分厚い唇は愛撫のため　真っ赤なのを私は想像する　二つが少し前進し　さらに開いては閉じるのを想像する　袋の皺の上で　馬にそっくり

はいかいいえか　答がない　他の可能性が見えない　眠りへの祈りをまた再開すること　私の下でそれが沈み　それが開くのを待つ　静かな水たまりの中で　結局　そしていままでになく切羽つまり　というのは行進の果てでも　まだ他とつながっているから

さらに言葉を見出すこと　ところが言葉はみんな浪費される　束の間の動き　やはり
顔の下側　証人には視力が必要だろう　視力のすぐれた証人がいるなら明るいランプ
が必要　彼は備えているだろうに　すぐれた視力　明るいランプ

離れて坐っている記録係に彼は零時を告げるだろう　いや二時三時　バラーストオフ
イス[13]の時間　顔の下側の束の間の動き　音なし　私の言葉がその動きに　それが私の
言葉になり　私はまた眠りこける　人間性の中に　かろうじて

粉塵　そのとき石灰岩と花崗岩を混ぜ　積み上げた壁　少し遠くに咲いたサンザシ
鮮やかな緑の花　絡みあったイボタノキ　サンザシ

そこに積もった埃の層　歳のわりには大きい小さな素足　埃の中
尻の下にカバン　壁に背中をつけ　目を青にあげ　汗ばんで目覚め　そこにあった白
ちぎれ雲が見え　熱い石のむこう　横縞のシャツのむこう　青と白

目をあげ　空に顔を探すこと　動物たち　眠ること　そしてそこに美しい若者　美しい若者に出会うこと　金色の山羊髭を生やし　白衣《アルバ》をまとっていた　汗ばんで目覚める　そして夢でイエスにめぐり会った

こんな類《たぐい》のこと　一つのイメージ　目には見えず　言葉でできている　耳には聞こえない　一日は終わり　明日まで私は無事　泥が口を開けている　私は消える　明日まで　頭は袋の上　腕をそのまわりに　他は　どうでもいい

短い闇　長い闇　どうやって知る　そして私はまた道中　ここには何か不足しているあと二メートルか三メートルだけ　そして絶壁　二三のぼろ屑だけ　そして終わり第一部は終わり　もう第二部しかなく　それから第三部　もう第三部そして最後しかない　ここには何かが不足している　いろんなもの　もうわかっていること　または決してわからないこと　どちらか

私は到着し転落する　蛞蝓《なめくじ》のように　転んでは袋を腕に抱え　もうちっとも重くないもうちっとも　そこに頭をおき　ぼろぎれを押しつける　私の胸にとは言わない

無感動　みんな無くなった　底は破れ　湿り気　引きずり　擦り切れ　年を経て　古
びた石炭袋　五十キロ　ものごとはつながり　すべて失せ　缶　缶切り　缶なしの缶
切り　おかげで缶切りなしの缶はなし　こんどはそんな目にあわなくていいだろう
わが生涯においては

他にもたくさんのこと　まだたくさん空想したこと　名づけられたことがなく　不可
能ばかり　用途も必要もなく　手触りがいいものもなく　与えられてきたすべてのも
の　いま書いていること　すべてがなんと遠いこと　この綱　破れた袋　一本の綱
昔の袋　聞こえるとおりに言っている　泥にむかってそうつぶやく　昔の袋　昔の綱
おまえたち　おまえたちは放さない

まだもちこたえるためのなけなしの続き　綱のよりをもどす　それを二本にする　袋
の底をくくる　泥でいっぱいにする　上もくくる　これでいい枕になる　腕の中で気
持ちがいい　顔の下の動き　これで終わってくれるなら

最後の食事　最後の旅はいつ　私は何をした　どこを通った　この類《たぐい》　沈黙のわめき
放置　希望の明り　混乱の中の出発　首に巻いた綱　口にくわえた袋　犬一匹

放置　ここで　希望のせい　果てしない直線でそれはつながり　終点前に死ぬまいとする信心深い望みのせい　闇　泥の中　他の原因は言わずに

為すべきことはただ　道を引き返すこと　厳密には堂々巡り　それで私はジグザグに進む　まさに自分の気質に忠実に　いま書いていること　私がそこで失《な》くしたものをさがして　私はそこにいたことがないのに

なじみの数字　すべて欠けているときに　なけなしの数字　ピムの前の第一部を終わるため　よき時代　幸せなとき　種の破滅　私は若かった　私は種にしがみついていた　種について人は語る　人類　私は自分に言う　わずかな動き　音はなし　二たす二　二かける二　そして続く

だから　突然左にずれる　四十五度ならいい　そして二メートル直進　習慣の力のせい　それから右に直角に　そして四メートル直進　なじみの数字　それから左に直角に　きちんと　四メートル　それから右に直角に　もういい　そんなふうにしてピムまで

こうして放棄した直線の両側　希望のせい　ぎざぎざの連続　あるいは裾の広がった山型　斜辺は二メートル　底辺は三メートル足らずで前の進路にあたり　だから私は二つの絶頂のあいだに一瞬　一・五メートル足らずを見出し　なじみの数字　よき時代　こうして　それは尽き果てる　ピムの前の第一部　私の旅の人生　広大なとき私は若かった　これらすべて　そんなよき時代　山型　絶頂　ひとつひとつの言葉いつも私の中で聞こえるとおり　それは外部の四方八方からのクワクワ　それを泥にむけてつぶやく　喘ぎがやむとき　ごくかすか　ぼろぎれ

左の横腹半分　右足右手　押しては引っぱり　腹ばい　神を呪い　祝福し　嘆願し足の音がしなくなり　手は泥の中をかきまわし　私は何を望んでいる　無くした缶詰そこにいたことはないのに　缶はまだ中身が残ったまま　私の前に捨ててある　私の望むのはこれだけ

そこにいたことはないが　他の連中がたぶん　ずっと前　少し前に二人　行列　なんという励まし　当惑しながらも　他の連中　何という励まし

前を這って行く連中　後を這って行く連中　あんたらに起きることは　誰に起きたか
誰に起きることになるか　破れた袋の終わりのない行列　みんなのため

あるいは神聖なる缶詰　わが不幸の知らせを聞きつけ　神より遣わされた奇跡の鰯《いわし》
なので神を吐きもどす　一週間もよけいに

右の横腹半分　左足左手　押しては引っぱり　這いつくばって　声なき呪い　泥の中
をかきわまし　半メートルを八回繰り返して山型を通り　要するに三メートルは進ん
だか　あまり役に立たず　つかまえようとして鉤型に曲げた手はなじみの泥水につか
るかわりに　尻のほうに　二回の叫び　一回は音なし　第一部の終わり　このとおり
ピムの前はこんなふうだった

2

というわけで　ようやくここに第二部　まだ言わねばならぬことがある　どんなふうだったか　私の内で聞こえるとおりに　それは外のクワクワ　四方八方から　ぼろ屑ピムといっしょでどんなふうだったか　広大なとき　ごくかすか　泥の中　泥にむけて　喘ぎがやむとき　わが人生はどんなふうだった　わが人生について私たちは語る

闇　泥の中　ピムといっしょ　第二部　もはや第三部そして最後しかない　そこにわが人生があり　そこにそれがあったし　そこにそれがあるだろう　広大な時間　第三部　そして最後　闇　泥の中　ごくかすか　ぼろ屑

彼なりに幸せな時期　第二部　ピムといっしょの第二部について私たちは語る　どんなふうだったか　心地よいとき　私にとってということ　私について彼のためにも私たちは語る　彼についても語る　彼も彼なりに幸せで　後で私はそれを知るだろう

彼の幸せがどんなふうか知るだろう　それを手に入れるだろう　まだ全部は手に入れてない

というわけで　か弱い鋭い叫び　似非《えせ》カストラートのあのつぶやきの前ぶれ　そのあいだ我慢しなければならないだろう　もう数がわからない　まさに　やはり　前の場合と少しちがうこと　もう最小の数字もない　これからは　あらゆるあいまいな尺度そう　あいまいな遠さの印象　空間の遠さ　時間の遠さ　二つの間の短さのあいまいな印象　それで結果として　もう計算はなく　やむをえず代数的順序があるのみ　そう　私に聞こえるのは　そう　次には　いいえ

すばやく　氷の塊または白熱した塊に触ったように私の手は引っ込み　宙に浮いたまま　しばらく　あいまいで　それからゆっくり下降し　しっかり休息し　そのうえちょっと所有者気取り　すでに　奇跡的な肉たちの上に平らになり　割れ目に直角になり　親指の切れ端と親指小指の指球は左の尻に　四本の指はもう一方つまり右側にだから私たちはまだあべこべになってない

平手にするのは望むところ　しかしそれにしては弓なりに反《そ》って　これは　素直な羞

恥のせい　おそらくこれは見せかけではない　それで割れ目に突進　ちょっと盛り上がったところにむけ　だから右の尻に接触　指の腹ではなく爪　第二の恐怖の叫び確かに　しかしオーケストラにまぎれこんだ小さなフラジョレットの音かと思った喜びの笛　もう私のうぬぼれにすぎない　そうかもしれない

このとおり　一つの過去　このくだりはたぶん　過去に歩もうとする　ピムといっしょの第二部　それはどんなふうだった　やっぱり前のとはたぶん少し違う　しかし早く　私の爪について一言　これにも演ずべき役柄があるはず

心配なのは　ほら　このくだりで私は消えることに　まだそうは言っていないし　私の心づもりではまだそうはならない　いわば保留中なんだ　再登場する前に　ピムは消え　可能ならば　前よりずっと生き生きして　私たちの出会いは　もっと　何と言うかもっと生き生きして　彼より適役はいない　彼しか見えないし彼しか聞こえないいつものように言いすぎだ　そう　いまは私の番　脇役のことが心配だ

私の番　誰　私なしで　彼は決してピムではないだろう　ピムについて話すのはもう金輪際　不随の唖《おし》の骸骨　いつまでも泥の中に腹ばい　私なしで　しかしどうやって

彼に活を入れようか　いまにわかる　それにもし私が　わが被造物の背後に消えることができるなら　いつそんなことが起きるのか　いま　私の爪

急げ　一つの仮定　このいわゆる泥は私たちみんなの　まったくみんなの糞でしかなく　この瞬間に私たちが何兆人もいるとしたら　どうしてそれでいけないか　なにしろ　ここに私たちは二人でも　かつては何兆の中の一部で　彼らの糞のなかを這いまわり　また糞をたれ　宝物みたいに彼らは腕の中に　這ったり糞したりする手段をかかえ　いまもまだ私の爪がある

私の爪　手のことしか言わないためにちょうどいい　あの東洋の賢人のことには触れない　私の爪は哀れな状態だった　あの極東の賢人　彼はずっと若い時分から拳を握りしめ　はっきりわからないが　死ぬときまでそのままで　何歳のときそうしたのか誰も教えてくれない

というわけで死のとき　何歳のときかわからない　ついにそれが目撃された　彼の爪彼の死の少し前に　掌が表裏さしぬかれて　爪がついに甲から出ているのが目撃され少し後で　こんなふうに生き　あれこれして　生きている間ずっと　拳を握りしめ

そんなふうに生き死に　ついに　最後の一息で　まだ爪が伸びるだろうとつぶやきながら

幕が開いていた　第一部　友人たちが彼に会いに来るのを私は見ていた　体臭と墓の深い影にしゃがみ　膝の上で拳を握りしめ　彼はそんなふうに生きていた

石灰分が　あるいはそれに類するものが不足して　ぼろぼろになり不揃いで　したがって　あるものは　私の爪のことだが　あるものはいつも長く　他のはほどほどで　彼が夢想しているのを私は見たものだ　泥が開け　明るくなり　彼が　助けにくる友を夢想し　あるいはこんな幸運はなく　たった一人で夢想した　爪を手の甲のほうにもどし　逆方向に貫かせること　死がそれを妨げた

ピムの右の尻の上　つまり最初の接触　彼は爪が軋《きし》るのを聞いたにちがいない　ここにうるわしい過去　私が望めば　それをめりこませることができたのに　私はひっかいて深い溝を掘ってやりたかった　呻きをのみこみ　青　粗暴な影　拳の上にかがんだターバンを巻いた頭　白い腰布を巻いた友人たちに囲まれ　そこまで痛めつけないにしても

叫びは私に告げる　どっちの端　頭　私は勘違いしているかもしれない　どうなっているのか　みんなつながっている　それで手は離れることなく右にずれ　まもなく分岐点に　思ったとおり　しかしそれでも左に　疑いなく手は尻をかすめ　お間髪《かんはつ》を容《い》れずに　くぼみの中に落ち　切れた親指を背骨に沿って浮動肋骨まで昇らせる　これで決まり　解剖学をかじったことがあるがそれを強調しても仕方がない　彼はあいかわらず叫ぶ　これで決まり　それを繰り返す　これは過去のことではない　過去なんか私にはないだろう　あったこともない

これでよし　多少とも似たもの同士　しかし男に女に女子に男子　叫びには　確かな叫びも性も年齢もなく　私は彼を仰向けにしようとするが　右の横腹を下にではなくましで左側でもなく　私の力は消え失せ　よしよし　うつ伏せになったピムしか決して私は知ることがないだろう

これらすべて　聞こえるとおりに私は言う　ひとつひとつの言葉　あいかわらず　そして泥の中　股の間をかきまわし　しまいに睾丸らしいものを一つつかみだす　いや二つ　解剖学上は二つ

聞こえるとおりに　そして泥の中でつぶやく　私はよじのぼる　あえて言うなら　頭蓋骨に触ろうとして少し前進する　彼は禿げ頭　いや訂正これは顔のこと　頭には真っ白な毛がたっぷり生えているのがいい　触って私は決め込む　ちっぽけな年寄り私たちは二人のちっぽけな年寄り　ここの何かがおかしい

闇　泥の中　私の頭を彼のにぶつける　私の横腹を彼のに　私の右腕は彼の両肩をかかえ　彼はもう叫ばない　私たちはしばらくそのまま　心地よい瞬間

こうして動きも物音もないままどれだけの時間　呼吸の音さえない　広大　広大なとき　腕の下　ときどきそれをゆっくり持ちあげ　ついには放し　そしてゆっくり降ろし　さらに深い息　他の誰かならため息と言うか

こんなふうに私たちの共同生活　こんなふうに私たちは始める　私は言わないし　そんなことを言うものはない　他人たちが最後にはほとんど抱きあうようになるなどとは　そんなのは見なかった　どうやら　こいつらにはないこと　しかし動物たちだって観察しあう　私は見たことがある　どうやら　観察しあうところを　わかろうとす

るものにはわかる　私がこだわることじゃない

ほとんど抱きあうようになんて　言いすぎだ　いつものように　私を突き返すなんて
彼にはできない　私の袋みたいなもの　私がまだ袋を持っていたときのこと　あの神
の摂理の化身　絶対に放しはしない　堅忍不抜《けんにんふばつ》と呼ぶがいい　お望みならば

まだそれを持っていたとき　いやまだ持っている　口にくわえている　いやもうそこ
にない　もう持っていない　私は正しい　正しかった

広大なとき　それで私たちの始まり　数字の時代に目のくらむような数字　私たちの
共同生活の始まり　そして問題は　何がこの長い平和にやっと終わりを告げるのか
そしてもっと親交を深めさせるのか知ること　なんという不都合

短い節　突然彼は短い節を歌う　突然　前にはなくて　いまあることがみんなそうで
あるように　私はそれをしばらく聞く　心地いいとき　歌っているのは彼にちがいな
い　私の勘違いかもしれない

私の腕が曲がる　右腕　そのほうがいい　上腕骨の間を大きい鈍角から小さい鋭角まで角度を減らす　解剖学に幾何学　そして右手は彼の唇をさぐる　この美しい動きをつぶさに見てみよう　少なくともその結末を

泥の中をくぐり　手はあてずっぽうに這いあがる　人差し指が口に触り　あいまい狙い通り　親指　頰　どこか　ここの何かがおかしい　えくぼ　頰骨　これらがみんな唇　頰の肉　毛を震わせ　私の思ったとおり　それは彼で　彼はずっと歌っているこれで決まり

言葉の区別がつかない　泥が言葉を窒息させる　でなければそれは知らない言葉で彼はたぶん原語で歌曲を歌っている　たぶんこいつはよそ者なんだ

東洋人　私の夢　彼は諦めた　私も諦めるだろう　それにもう望まないだろう

だから彼は話すことができる　肝心なこと　それが習慣なんだ　この問題をほんとうに考えたことがなくて　自分にそんな習慣はなくて　私は思いこんでいたにちがいない　彼にそんな習慣はなかったと　私がいたところにいるための唯一の作法とは私の

ものでしかなく　たぶんもっと一般的な作法として　そこで歌うことができるなんて
まさかそんなことを私は考えもしなかったらしい

とにかくおごそかな瞬間　そんな瞬間があったとすれば　なんという展望　それが私
たちの共同生活の最初の時期をしめくくり第二期を少しこじ開けることになるか
そしていかにも　最後のもっと豊かな有為《うい》転変《てんぺん》に満ちた時期　わが人生の最良のもの
たぶん　選ぶのは難しい

何センチか離れたそこに人の声　私の夢　そのうえたぶん人間の思考　イタリア語を
勉強しなければならないか　きっとそれほど愉快じゃない

しかしまずちょっと考えてみること　ひどくちぐはぐ　広大なとき　たぶん全部で三
十くらい　そのうち二つ三つ　そのうちわかる

彼のむかう方角からして　私と同じ道を行くにちがいなかった　転ぶ前に　そしてあ
る

ある日私たちはいっしょに再出発するだろう　そして私たちを私は見ていた　幕が一瞬開いた　ここの何かがおかしく　そして私たちのこういうことすべてを私はかいま見ていた　小さな節《ふし》を聞く前に　おおそのもっと前に　私たちは助けあって進み　いっしょに転び　抱きあって再出発の機会を待ったもの

実在するもの　少なくともそのとき実在したもののふりをすること　わかっているわかっている　いまいましい　そのことを喋ってもいい　ときにはいい気分になる　心地いいとき　大したことじゃない　誰も傷つけない　誰もいない

というわけで　私たちの背後に　すでに私たちの共同生活の第一の切れ端　あとは第二そして第二部の最後の終わりしかない　あとは第三部そして最後だけ

調教の問題　解決　そして漸進的同時的開始　それと並行して気力という面　いわゆる諸関係のきっかけ　開花　しかしまず二三の詳細

右に移動し　私の右足はなじみの泥水につかるだけ　それで膝をすっかり曲げるのと同時に　足がせりあがり　いまは私の足のことだが　足は上下に揺れ　それがピムの

まっすぐに固まった両足にそって動くのが見える　私の思ったとおり　そして一つには

私の頭は同じ動きで彼の頭に触れ　これは私が思ったとおりだが　間違っているかもしれない　だからその頭は後退し右に突進し　予期した衝突がおこり　これで決まりこっちのほうが背が高い

私はもとの姿勢にもどり　彼にきつくしがみつき　彼は私の足首までしかない　二三センチ足らず　歳のせいだと思う

いま彼は腕を聖アンデレ十字[14]の形に組み　上のV型はせまくなり　私の左手はその左手を追いかけ　袋　彼の袋の中に潜り　彼は袋の口の内側をつかみ　私ならおそるおそるやったところ　私の手が彼の手の上でぐずぐずし　彼の血管は綱のようで　私の手は後退し　元の場所　左側の泥の中にもどり　さしあたってもう袋については何もない

ピムの歌に続く　もっと深い沈黙の中　結局広大なとき　遠くのチクタクいう音　し

ばらく私は耳を傾ける　心地いいとき

私の右手が彼の右腕にそって滑り　苦労しながら伸ばせる限界に達し　それを超え
指先で腕時計に触れ　触感は腕輪みたいで私は自分にそう言い聞かせた　腕時計には
果たすべき役割があるだろう　私に聞こえるのは　はい　それからいいえ

重たい鎖のついた普通のでっかい懐中時計ならもっといい　彼は手の中にそれを握り
しめ　私の人差し指は折った指の間に通り道を探し　重たい鎖のついた普通のでっか
い懐中時計　と言う

私は腕を自分のほう背中の後ろにもっていく　そこで腕は動かず　チクタクいう音は
確かに改善　しばらく私はそれを味わう

さらに少々の動き　腕をもとの位置にもどし　ついで逆方向に私のほうにもってきて
高い所を左に　それが動けなくなるまで　動きが目に見える　私の左手で手首をつか
み　別の手でその重さを計りながら引っぱること　肘の上に　そこいらに　後方に
これらはみんな私の力にある

泥から頭を起こす必要はなく　それは問題外　私はしまいに耳に時計をつけ　手はこぶしに　このほうがいい　私は長いこと　毎秒を味わう　甘美なひととき　そして見晴らし

ついに腕は放され　そっけなく少し後退し　それから固まる　また私のほうが彼をもとの位置にもどしてやらなければならない　下の右のほう　泥の中　ピムはこんなふう　こんなふうだろう　彼に指定された姿勢を保っている　しかし全体のなかでこれはささいなこと　一つの岩

そこから私まで　いまは第三部　泥の中のあそこの右側から　見棄てられた私まで遠くのチクタク　私には何の足しにもならない　もう何も何の楽しみも　もう毎秒を数えない　もどってくることがなく過ぎていくばかり　持続も何の頻度も計らない脈を数えたりもしない　九十　九十五

それが私の道連れ　まばらなチクタクばかり　しかしそれを壊し遠くに投げ捨て　いや止まったままにしておき　いやどこかが故障　それは止まり　私が腕をふってやり

それはまた動き出し　もう何も　この時計のことは

私と同じで　彼の言うとおりなら　でなければ私の考えでは　彼には名前がなく　だから私が名前を付けたので　ピム　そのほうが便利で楽で　これで過去にむかって再出発

それは彼の気に入ったに違いない　私にはわかる　結局彼の気に入った　最後にはそれを自分だけのものにした　ずっと前にピム　あっちではピム　こっちでは私　ピム私はいつも言う　名前がピムなら　絶対にしてはならない　絶対にしてはならなかったことすべて　いつも言っていた　名前がピムだったとき　それでこのほうがましなら　このときからいっそう愉快　いっそう饒舌《じょうぜつ》

それがくせになり　私は彼に告げる　私もピム　ピムという名前　そこで彼はますます困惑　しばし混乱　焦燥　わかる　いい名前だもの　それに気が休まる

私も得をした　そう思う　とりわけ最初は得をした　詳しく言うのは難しい　もう匿名ではなく　言うならば　あいまいではなく

私も感じる　この名前は徐々に私を見放し　やがてもう誰もいなくなるだろう　ピムという立派な名前の人物などいたことはない　私は聞く　そうと言うのを　次にはちがうと言うのを

私が待っている人物　おお　信じてなんかいない　聞こえるとおりに私はそう言う彼が私に別の名前をつけてくれるなんて　それは私の初めての名前ボム　彼は私をボムと呼ぶ　その方が便利だから　それは私の気に入るだろう　終わりはムで　それともう一音節は何でもいい

尻に爪でBOMと刻んだ　穴に母音　わが人生の大舞台というか　彼は私に無理強いし　一生を生きたことにするだろう　ボムの一家　だんな　あんたはボム一家のことをよく知らない　だんな　ボムという輩に糞を垂れてもいいが　だんな　ボムという輩を辱めちゃならない　だんな　ボムの一家を　だんな

しかしまずピムといっしょのこの第二部にけりをつけること　共同生活はどうだったもう第三部最終部とけりをつけさえすればいいように　そこに私が他の異変のあいだ

に聞きつけるのは　彼が到着すること　十メートル十五メートル　私にとってその彼は誰　誰にとって私は　ピムにとって私は何で　私にとってのピムは

他の異変の間では　言葉遣いが変で　また私はそれを繰り返すだろう　確かにそうでそれはもどって来て　ほらここに　私はそれを聞き　それを話し　顔の下側が震え泥の中で音がして　泥の中の顔　かすかな音　あらゆる種類　ピムという名前の輩私が生きたかもしれない一生　彼の前に　彼といっしょに　彼のあとに　私が生きるかもしれない一生

調教　記録される前の最初の　または英雄的時代　それを語るのは難しく　大まかな方針しかなく　ホップ　ストップ　私の力にあまるこの一家　私は泳いで彼は泳いでいた　しかし少しずつ少しずつ

合間の時間にときにはニシンにテナガエビ　そんなときもあった　そんなことが続く過去に　ああまったく　過去ばかり　みんな過去のこと　ボムがやってきて　私は消え　そしてボムが共同生活に　快適だった　いいときだった　へまばかり　どうでもいい　ニシンにテナガエビ

破れていない　ピムの袋　破れていない　正義というものがない　または　それならこんなふうで　わからないこと　少々

私のよりもくたびれた　でも破れてはいない　たぶん上物の黄麻　そしてまだ半分つまった袋といっしょに　またはそのとき何か見落としている

空っぽの破れた袋がいくつも　他のはちがう　恩寵の話はありうるか　こんな地下牢の中でさえ　どういうわけで私たちはみんな平等でありたいのか　消えるものも　決して消えない他のものも

私に聞こえることすべて　さらに放り出す　全部放り出すこと　もう何も聞こえないここで自分の腕の中　袋といっしょにじっとしていること　昔の私　私のこと昔のそれのことを話している　終わりがない　それがあらゆる被造物を　最後の阿呆にいたるまで葬る　それは幸いなときだろう　ここの闇　泥の中　何も聞こえず　何も言わず　何もできず　何も

そして突然　始まることとすべてに例外はなく　また始まる　どうやったら出発し再出発できるか　十メートル十五メートル　右足右手　押しては引っぱり　青の隅のほうのいくつかのイメージ　三つか四つの無音の語　鰯缶を開けないこと　裂ける泥　袋を破ること　馬鹿げたことばかり　そして耳ざわりなうなり　要するになじみの道

次に死ぬものからまた次に死ぬもの　どこにも行きつかない　他に目的地もなく　次に死ぬもの以上に確かなことがわかるまで　それにしがみつく　名前をつける　調教する　血まみれになるまで　大文字で蔽《おお》いつくす　彼の馬鹿話で満腹する　一生禁欲的な愛で私たちは結ばれる　最後のうれしいニシンまで　そしてもうしばらく

私に持ち物を残して　すうっと彼が蒸発するその日まで　予言が成立し　新生　もう旅も　青空もない　泥の中のつぶやき　これはほんとう　全部ほんとにちがいない　そしてやってくる　やってくる　十メートル十五メートル　ピムにとっての私というもの　私にとってのピム

私に聞こえることとすべて　もう何も聞こえないということ　ピムの前ピムの後のようにここにいること　ピムの前のように　両腕の中で　袋といっしょに　それから突然

なじみの道　私の次に死すべきもの　十メートル十五メートル　押しては引っぱり季節の後の季節　私のたった一つの季節　私の最初の死すべきものにむかって　愚かなことばかり　短い持続の幸により

第一の躾《しつ》け　彼の歌う旋律　私は彼の脇の下に爪をめりこませる　右手を右脇に　彼が叫ぶ　私は爪を放す　頭蓋に拳骨　彼の顔が泥の中に沈む　彼は黙る　第一の躾けの終わり　休憩

第二の躾け　同じ旋律　爪を脇の下に　叫び　頭蓋に一発　沈黙　第二の躾けの終わり　休憩　こんなことはみんな私の力にあまる

しかしこの男は馬鹿ではない　彼は自分に言い聞かせているはずだ　私は彼の立場にたってみる　奴は俺をどうしたいのか　むしろ人と呼ぶならば　こんなふうに虐待して人は俺に何を望んでいるのか　そして少しずつ散漫な答　広大な時間

俺が叫ぶことが望みではない　明らかなこと　叫ぶとすぐに俺を罰するのだから

単なるサディズムそのものでもない　人は俺が叫ぶのを止めさせようとするから
たぶん俺にできないこと　確かにできないことが望みだ　この輩は馬鹿ではない　ど
うやら

俺にできるとわかっているのは歌うこと　だから人が望むのは俺が歌うこと

彼の立場なら私が自分に言いきかせるのは　そんなことみたいだが　まちがっている
かもしれない　そして神はわかっている　私には知性が欠けているかどうか　それが
なけりゃ私は死んでいたはず

それ　または他のこと　その日がやってくる　またこの単語　どれだけの距離の果て
に私たちは到着するのか　数字はない　広大なとき　そのあいだ脇の下をひっかかれ
ずっと前から肉が剝け　なにしろ窮余の策で狙いを変えたくなるから　別の敏感なと
ころを試すこと　目とか亀頭とか　いや混乱させるだけでいい　致命的なのではなく
というわけで脇の下をひっかかれたその日　叫ぶかわりに彼は歌う　歌は現在に浮上

し　また現在に門出《かどで》

私は爪を引っ込める　彼は同じ節を続ける　そう思える　いまや私はかなり音楽通で
いまやわが人生にはそれがあり　そしていまやあっという間に　少々の言葉　目　空
愛　この最後の語は複数形で　あいかわらず洒落《しゃれ》た同じ表現を私たちは用いる　なん
とめでたい

これで終わりではない　彼は歌をやめる　脇の下に爪が食い込むと　また歌いはじめ
これで思い通り　脇の下　歌　そしてボタンを押すように決まってこの音楽　これか
らはいつでも望み次第

これで終わりではない　彼は歌を続ける　頭への一撃でやめる　頭への一撃でいつも
同じようにやめるということはあらゆる状況での停止を意味する　そしてこれはほと
んど機械的に行われる　よく考えてみるならば　少なくとも言葉に関しては
機械的とはなぜ　結果としてそれが頭への一撃となるから　いまは頭への一撃につい
て話している　結果として顔が泥の中に埋もれる　口も鼻も　目までも　一体何のこ

とだか　ピムにとって言葉でなければ何のことか　少々の言葉　ときどき彼にできること　私は化け物じゃない

私はわざわざ彼にできないことを求めようとは思わない　例えば逆立ちするとか　または直立する　または跪く　絶対に思わない

または仰向け　または横腹を下に　もう怨みっこなし　いまはもう　もはや誰にも望まない　毎秒　できないことを義務づけるなんて　大きなシンバル　巨大な腕を二百度に開き　パタンパン　奇跡奇跡　不可能　不可能をなせ　不可能を耐え忍べ　確かにそれはない

ただ彼に歌って　または喋ってほしい　それにまたあれよりもむしろこれではなく最初は単に話すこと　彼のしたいこと彼にできることを　ときどき少々の言葉　それだけでいい

だから第一の躾け　第二の手順　しかしまず彼の袋をとりあげること　そこで彼が抵抗し　私は彼の左手を骨までひっかき　それほど深いところじゃない　彼は叫ぶが

失血しかけたところだが　血を流しはしない　そのときから広大なとき　私は悪人じゃない　人は言ったにちがいない　袋に手をだしたと　それなら私は持っている　私の左手がその中に潜る　缶切りを探す　ここで余談

説明はなく問題はなく　しかしそのときから私たちはいっしょで　どの二人組もそれにご満悦で　不平も言わず死ぬことになる　もうたくさんというわけで

そしてピムは広大なときこの間じゅう　唇をのぞけば不動で　顔の下側はそこだけ歌い叫び　そしてときどき右手は痙攣し　緑　蒼白のときがめぐり　彼は決してそれを見ることもない　そして　もちろん私が不承不承残しておいたのを　ピムは食べなかった

そう何も言わず　すべてが言われず　ほとんど何も　いくらなんでも　私は食べた彼に食べものをわたした　髭の中に埋もれた口にあたってつぶれたもの　泥　肝油の滴る私の掌　またはそんなものをこすりつけたが骨折り損　もしまだ彼が栄養をとっているとすれば泥からだ　あろうことか　私はいつも言ってきた　この泥の浸透によって　長時間にわたる毛管現象によって

舌を使って　それが出るときは　口　それが少し開くときは　鼻孔　両目　それが少し開くときは　肛門　いやそれは宙に浮いている　耳もだめ

たぶん尿道　最後の一滴を垂れたあと　膀胱《ぼうこう》　垂れ流したあとは一瞬吸い込むことだってある　どこかの毛穴　たぶん尿道　少々の毛穴

この泥　私はいつも言ってきた　それがその男を生かしておく　そして彼は袋にしがみつき　これが宿命　私は聞こえるとおりに言う　袋はただ彼の枕になるだけ　いや彼は腕をのばしてそれを握りしめている　窓から落ちそうになっているみたいに

いや　この袋をよく見るがいい　いつも言ってきた　この袋はわれらにとって食糧庫ではなく　枕でも　なじみの相手でも　抱くためのものでも　口づけで蔽う肌でもない　まったく別のもの　もうどうにも使い道がなく　それにしがみつく　私はずいぶん世話になってきた

私の左手　いまは　第二部後半部　いまはどうしている　休憩中　それはピムの手の

横の袋を握っている　この袋のことはもう何も　缶切り　缶切り　もうすぐピムが話すだろう

まだここにはたくさん缶詰が　何かが腑《ふ》に落ちない　私は一つずつ缶を泥の中に出すいつも左手が缶切りに届き　ついにそれを口に入れ　缶をもどす　全部とは言わないそしてこの間　右腕は

この間じゅう　広大なとき　これらすべて私の力にあまり　ほんとにピムといっしょでは　私の力は消え失せる　仕方がない　二人だもの　私の右腕は彼を抱きしめ　愛棄てられる恐れ　どちらも少しずつ　わからない　言わない　それから

それから斜めに投げ出した右足で　彼の両足を閉じこめ　動きがわかるか　私の右手で缶切りをつかみ　背骨にそってそれを下ろし　彼の尻にそれをめり込ませる　穴じゃない　尻のことだ　一つの尻　彼は叫ぶ　私は缶切りを放し　頭蓋を一撃　彼は黙る　機械的に　第一の躾けは終り　第二の手順　休憩　ここで余談

この缶切り　どこにおくか　もういらないときはそれを缶詰といっしょに袋の中に片

づけること　確かに　手に持ったままではなく　口にくわえるわけでもない　筋肉は弛緩し　泥は呑み込む　それならどこ

ピムの尻のはざま　そこに片づける　そこは弾力に欠けるが　でもまだ十分で　そこなら問題はない　私自身に言いながら　それはどこかで言われること　言葉はそこのどこかにあり　私に付き添ってくれる誰かといっしょなら　私はもっと立派な別人だったかもしれないと言う

いや太腿の間のもっと低いほう　このほうがまし　尖端は下のほう　梨型の取っ手の小さな玉だけがはみ出て　これで彼は何も心配することはない　もう遅すぎる　道連れなんて遅すぎる　と私自身に言いながら

第二の躾け　だから第二の手順　同じ原則　同じ展開　第三第四　以下同様　その日まで広大なとき　またこの単語　その日尻を刺されて　叫ぶかわりに彼は歌う　なんてまぬけ　このピムいくらなんでも　尻と脇　角と鋼を混同するとは　そのとき彼の喰らう拳骨　私は誓って言う　幸いにも彼は馬鹿じゃない　彼は自分に言ったはずだ私にまだ何を望んでいるのか　この新たな責苦は何のためか

私が叫ぶことではなく　歌うことでもなく　脇の下の淫らな残酷　そうじゃないと私たちはわかった　ほんとうに　私にはわからない

考えがあってのこと　わかりきっている　この輩は　私に不可能なことを要求するにしては　賢すぎる　それなら私に不可能でないことは何か　歌うこと　泣くこと　他に何　他に私にできることは何　切羽つまったら私には何ができる

たぶん考えること　もしそれが望みなら　ありうること　この場合他に何ができようなんてこと　また始まるわめき　頭蓋に一撃　沈黙　休憩

やはり　それでもない　可能なこととは　いやほんとうにわからない　尋ねてみるかいつかできることなら尋ねてみよう

いや馬鹿じゃない　のろまなだけだ　いつかその日がやってくる　私たちはやってくる　尻に刺される日　いまは叫びのかわりに傷しかない　束の間のつぶやき　こっちの勝ち

缶切りの柄で　棒みたいにして　横たわった右の腰に一発　私の位置からは反対側よりやりやすい　叫び　頭蓋に一撃　沈黙　短い休憩　尻に不意打ち　わけのわからぬつぶやき　腰に一発　その意味はいい加減にしろ　もっとけたたましい叫び　頭蓋に一撃　沈黙　短い休憩

以下同様　それとときどき成果を確かめるため　脇の下にもどる　歌声があがる　いいぞ　パン　すぐ途切れる　こんなことばかりでくたばりそう　私はお手上げ　腰をやられ　ある日　結局彼は馬鹿ではなくのろまなだけで　叫ぶかわりに　彼ははっきり言う　えい　あんた俺　なんだ　俺じゃなく　えい　あんた俺　なんだ　俺じゃなく　まあいいまあいい　わかったよ　頭蓋に一撃　こっちの勝ち　まだ彼は慣れていないだけ　しかし慣れるだろう　ここで何か聞き逃している

私は道具を彼の太腿の間に片づける　彼の両足から私の足をどける　私の右腕で彼の両肩を抱く　袋と同じこと　彼は私から離れられない　しかし私は警戒する　長い休憩　自分に言いながら　言葉が出るのはいつも遅すぎる　もちろん　それでも　もうずっとまし　なんと私の勝ち

偽ものの乱痴《らんち》気《き》騒《さわ》ぎ　共同生活　束の間の恥　私は闇に葬られ無きものとなってはいない　帰らぬ者でもない　未来がそれを告げるであろう　いまはその途上で　しかしこんな汚辱は　ああ　これでさえない　これでさえ　ああ　顔の下側のわずかな動き沈黙にあやかろう　死の沈黙を集めよう　耐え忍ぼう

調教の続き　どうでもいい　省略しよう

基本的刺激の一覧　一　脇の下をひっかく爪のことを歌う　二　尻の中の缶切りの鋼について語る　三　やめて頭蓋に一撃　四　缶切りの柄を腰にもっと強く

五　あまり強くなく人差し指を肛門に　六　いいぞ尻に素っ気ない平手打ち　七　三と同じ酷い仕打ち　八　また一か二と同じやつ　場合によって

右手のすべて　それは言った　そしてこの間じゅう　広大なとき　左手は　それは言った　私の中で言うのを聞いたが　私は外にいて　四方八方からクワクワという泥の中のつぶやき　その手はピムの左側で袋をつかみ　私の親指はその掌と折った指の間

にすべりこむ

字を刻印　それからピムの声　それが消えるまで　第二部の終わり　もう第三部そして最後しかない

爪で　だから右の人差し指で　私は刻む　爪が割れるとき　または落ちるとき　それがまた生えてくるまで　別の指でピムの無傷の背中に　最初は左右に　そして上下に私たちの文明にならって　大文字のローマ字を刻む

最初は骨が折れる　続きは少し楽　彼は馬鹿じゃない　のろまなだけ　結局全部理解する　ほとんど全部　私は言うことなし　ほとんどなし　神さまだって　私の雨天私の晴天　神　少しだけ　しきりに質問　幼いときみたいに　おぼろげ　神さまのことだって　結局彼は理解する　ほとんど

幼いときの一時期　世界の罪を背負って真っ黒な子羊　浄められた世界　例の三人の人物　ということは　そしてこの信仰　印象　あのときから　十歳十一歳　私がもったかもしれないこの信仰　印象　あのときから　広大なとき　私はそれをとりもどす

はずだった　青い外套《がいとう》　鳩　奇跡　彼は理解していた

私のものだったかもしれないあの幼少期　それを信じることの困難　生まれたばかりの印象　むしろ八十くらい　死ぬ歳なのに　闇　泥の中　這いあがりながら　生まれた　這いあがりながら　溺れたもののように水面に浮かび出ながら　べらべら　四つ背中いっぱいにぎっしり並んだ文字　幼年期　信仰　青　奇跡　みんな失われた　手に入れたこともない

いつも見ていた青　白い埃　もっと最近の日付の印象　愉快な不愉快な印象　結局どんな感動にも乱されない　やさしいことじゃない

一気に　改行なし　コンマなし　一秒も考える余裕なし　人差し指の爪で　それが剝げ落ちるまで　そして　ところどころ出血しくたびれた背中　終わりに近づいていた昨日のように　広大なとき

しかし急げ　単純なことの中の一例　最初の　または英雄的な時代に　それからピムの番　彼の蒸発までの言葉　第二部の終わり　もう第三部そして最後しかない

爪で　つまり右の人差し指で　でっかい大文字で　二行全部　伝えることが短いほど文字は大きく　何を言いたいか少し前にわかるだけでいい　彼も大きな飾り文字を背中に感じる　蛇たち　いたずら小僧　なんとめでたいこと　長くはない　**おまえピム**間をおいて　**おまえピム**　ここは凸凹して　難しく　彼は気づいたか　どうしたらわかる

ただ彼の尻を刺すこと　その意味は　話せ　彼はでたらめを　出まかせに言うだろうところが証拠が　私には証拠が必要なのに　だから特別なやり方で彼を刺すこと　その意味は　まごまごせず　答えろ　だから私はそうする　ずっとまし　なんという改善

何ともいえない特別な仕打ち　熟練の技　私を満足させてくれる　ある日　ある広大なとき　私ティムまたはジム　ピムではない　とにかくいまのところは　背中　彼の背中にはまだ一様な感覚がなく　まだだが　やがて感じるだろう　それはすでに途方もないこと　こっちの勝ち　休憩

もはや再開するだけ　勇気を失わないこと　Pの文字を掘り込んで　存分に彼を刺して　ローマ字の子音を全部試すことになっても　ある日彼がついに応えるように　これは数学的　私ピム　ついに彼が発するのは　仕方なく　私ピム　素っ気なく尻を平手打ちし　腿の間に缶切り　腕は彼の貧相な両肩を抱き休憩　こっちの勝ち

こんなふうだから　他の例が何になる　出来の悪い生徒だった　私は出来の悪い先生しかし長いときのあいだ　言うべきだったことはわずか　何も

私　何も　ただ　これを言いあれを言い　おまえの一生　彼方に　**おまえの一生**　間をおいて　私の一生　**彼方に**　長い間《ま》をおいて　彼方に　**その中**　**光**の中　間をおいて　光　彼の一生　彼方に　光の中に　ほとんど　八音節　とどのつまり　ある偶然

私　だから　何も　私　わが人生について　なんという人生　決して　何も　ほとんど　決して　彼だって同じこと　でなければ強《し》いられて　自分の意志では決して　しかし一度は　調子にのって　愉快でなかったわけではなく　印象または幻想　もうとまらなかった　十発十五発　頭蓋を打つまで　ときには顔についた管も全部　滅茶苦茶　たたき続けるしかなかった

でっちあげた分がでっかくなり　確かにでっかい分　知られざる物事　脅迫　血まみれの尻　むき出しの神経　でっちあげる　しかしどうすれば想像か現実かわかるのかわからないし言えないが　どうでもいい　どうでもよくない　それは重大だった　それはみごと　重要なこと

だからこの人生　彼が生きたかもしれない　彼がでっちあげ　思い出したかもしれない　どれも少しずつありえたこと　どうしたらわかるのか　あの彼方のこと　彼が私にそれをくれた　私がそれを自分のものにした　私を喜ばせたのは　とりわけ空という空　とりわけ　彼が迷い込んだ道という道　空が変わると道も変わったから　その道を通って大西洋にも行った　夜の大海　島々に行ったり　そこからもどってきたりすれば　そのときの気分も変わるが　それほどではない　人影はまばらでいつも同じ私はいいときを思い出し忘れ去り　もう何も残っていない

生者の間から帰還した親愛なるピム　ある他人が彼にそれを与えた　この飲んで食うだけのまさに犬の人生　私はそれを別の他人に与えるだろう　声がいま私の中でそう言った　それは外で四方八方からきたクワクワだった　どうしたら信じられようか

闇　泥の中　彼方のただ一つの生　時代から時代へとめぐり　ただ一つしかない　選《え》り好みはせず　まあ必要に応じて

さあ私のもの　私に必要なもの　変化する様相の中で一番必要なもの　つまりいつも同じ生の　必要に応じていつも変化する様相　しかし必要　必要とはしたがって　ここでは時代が変わってもいつも同じ必要で同じ渇き　声はそう言った

声はそう言った　私はそれをつぶやく　私たち自身のために　一人また一人　同じ渇き　彼方のたった一つの生　わずかな必要にしたがって　ここと同じ　一つの生　どうして信じられよう　進んで信じないかぎり　日によって　その日の気分によって決まる　少し気分が落ち着かないのはいつものこと　こう自分に言うこともある　音なし　何も邪魔は入らない　今日の私はたぶん昨日ほど陰気ではない　何もそれを妨げはしない

もう見えなかったこと　ささやかな場面　第一部　それらにかわってピムの声　昼夜の蒼い光の中のピム　ささやかな場面　幕が開いていた　泥　泥が開き　それが輝き　彼は私のかわりに　それも見た　そうも言える　何も矛盾はない

ますます長い沈黙　広大な時間　ますます消耗　彼は答えに　私は問いに　光の中の人生に飽き飽きし　一つ質問　なんと多くの　もう数字はなく　もう時間はなく　広大な数字　広大な時間　闇に包まれた彼の生の上に　闇　泥　私の前に　物語　とりわけもし彼がまだ生きているならば　**私の前のここのおまえの生**　まったき混乱　神の上の神　窮余の策　まったき混乱　彼はそれを信じていたかどうか　彼は信じていた　そして信じない　もはや手だてがなく　どちらの場合も彼は正しく　なんてこと

私は彼を刺した　ずっと前　最後に彼を刺したように　ただ彼が生きているかどうか知るために　パチン　頭蓋に一撃　泥の中　不屈の兄弟の汚れた涙

もしも彼に声が聞こえるなら　万が一そうなら　もし声の中の一つの声が聞こえたなら　万が一私が彼にそれを要求したなら　ありえない　私はまだそれを聞いていなかった　声　数々の声　どうしたらわかる　絶対わからない

私にも結局それは聞こえないだろう　もう決して聞こえなかった　声はそう言った　私はそうつぶやき　ただその声だけ　いやそれでもなく　ピムの声でもなく　決してピムの声だったことはなく　声はあったことがない　どうしてそれを信じられる　闇　泥の中　結局声はなく　イメージはない　ずっと前に

いろんなお手本　思い出され　想像されることになるもの　どうやって知る　彼方の生　こちらの生　天の神　是か非か　彼は少し私を愛していたか　ピムは少し私を愛していたか　是か非か　私は彼を愛していたか　闇　泥の中　それでも　少しの情愛　誰かを見つけ　ついに誰かがあんたを見つけ　いっしょに生活し　くっつきあい　少し愛しあい　愛されることなく少し愛し　愛せないまま少し愛され　それに応えること　影のなかにあいまいに放っておくこと

第二部の終わり　第一部は終わって　もう第三部と最後だけ　幸いなときだった　幸いなときもあまり幸いでないときもあるだろう　それに備えなくてはならない　しかしまず最後のひと回り　新しい体勢　そして魂への影響

私は袋を手放し　ピムを放す　これぞ最悪　袋を手放し　そしてほら前進　左横腹半

分　右足右手　押しては引っぱり　右へ右へ　彼を見失わないように　彼の頭の前をへアピンの形に回りそのまま右に　それから彼の右腕を越えて体を伸ばし　横腹に沿って密着し　頭を彼の両足につけて止め　その両足を私の頭で止め　長い休憩　いやます苦痛

右手を西と北にこすりつけながら突然元にもどる　私は彼のだぶだぶの皮膚をつかみ自分を前に引っぱり　それが私の位置への最後のひと回りで　そこを離れてはいけなかった　もう離れない　袋をとりもどす　袋は動かなかった　ピムは動かなかった私たちの手は触れ合い　長い休憩　長い沈黙　広大なとき

彼方のおまえの生　もう光はいらない　二行だけ　ピムが語る　彼は首を回す　目に涙　私の目　私の涙　涙を浮かべたとすれば　私にはそのときそれが必要だった　いまは必要ない

彼は右の頬を泥にはりつけ　口は私の耳に　私たちの狭い肩が重なり　毛がもつれあい　人間くさい息　甲高いつぶやき　やかましすぎるなら　尻の中に指　私はもう動かない　私はずっとこの場にいる

急げ　頭蓋に耐えがたい一撃　長い沈黙　広大なとき　缶切り　尻　あるいは大文字もうわけがわからないなら　**おまえの一生　阿呆　彼方　阿呆　此方　阿呆**　散乱した屑をつぎあわせる　雑多な観念の秩序　それほどでもなく　そして終わりにふさわしいのは　盛んな応酬　**おまえ私を愛してるか**　いや　または爪を脇の下に　そして終わりにふさわしいのは短い歌　確かにこれは第二部の終わり　もう第三部と最後しかない　その日が来る　私はそこにたどり着く　ボムがたどり着く　**おまえボム**　私ボム　**私ボム**　おまえボム　われらボム

彼が到着する　私は声を持つだろう　もう世界には私の声しかない　一つのささやき手に入れた　一つの生　彼方　此方　また自分の持ち物を見るだろう　泥の下の少々の青　少々の白　私たちのもの　ささいな場面　空という空　とりわけ　そして道という道

そして私は自分を見るだろう　私は自分をかいま見るだろう　十秒十五秒　隠れ家にとじこもり　いや夜がきてついに光は薄く　少し薄くなり　善良な連中は眠りにつき私は続編に最終編に向けて急ぎ　ずっとまし　ずっと確か　それは幸いなときだろう

彼方の幸いなときに私は何を手に入れることになるのか　ここはもう天に昇るだけ

手本　わが人生　彼方　ピムの生　ピムの話をしている　わが人生は彼方　わが妻

中止　缶切り　尻　ぐずぐず出発　それから彼は興奮し　頭蓋に一撃　長い沈黙

わが妻　彼方に　パム　プリム　もうわからない　もう彼女が見えない　彼女は恥丘を剃っていた　見たことがないそんなのは　私は彼みたいに喋っている　私は喋る

私たちは私について彼のことのように喋る　少々憎まれ口　鳥の文法　もうそれは考えない　そして穴の中にぱたん

私は彼のように話す　ボムは私のように話すだろう　一つの話し方しかここにはない　次から次へと　声がそう言った　それは私たちのように私たちの声のように　みんなに話す　四方八方からクワクワ　それから私たちの中で　喘ぎがやむとき　ぼろ屑その声から私たちは古めかしい話し方を教わる　それぞれ自分なりに　自分の望むように　自分にできること　声は黙り　私たちの声が始まり　再開する　どうしてわかる

パム　プリム　私たちは愛しあった　毎日　三日おき　それから土曜日ごとに　それからこんなふうに　ときどき　けりをつけるため　尻を使ってやりなおそうとした　遅すぎ　彼女は窓から転落した　または身投げして背骨が砕けた

病院では　残りの日々を過ごす前に　冬の間じゅう　彼女は私を　みんなを　万人を赦し　善良になり　神は彼女を　青ざめし丘と呼んでいた　おかしな考えだが悪くない　死の床では　こんどは茶色　また生えてきた

ナイトテーブルの上に花　彼女は首がまわらなかった　花が見える私は腕を伸ばして花を目の前に見せ　他に見えるものも右手左手で彼女の目の前に　これが私の見舞この間彼女はマーガレットを大目に見てくれた　ラテン語では真珠という意味　私が見つけたのはこれだけだったもの

鉄のベッド　光沢のある白　幅五十センチ　全部が白　高い脚がついて　私がそこにたっぷり見ていた愛　他人たちの家具を見ている　恋人ではなく　白状せよ

ベッドの下に座り　その端で花瓶をかかえている　緑がかった細いグラス　ぶらさが

った両足　私たちの間に花　その向こうに顔　どんなふうだったかもう忘れている
ただ無垢で　白墨みたいな白　どこにも傷がなく　いや私の眼差しが泳ぎ　花は二十
本くらいあった

そこを出ると　道は下り坂　何千もの木が並び　みんな似ていて　同じ種類　何かは
全然わからない　何キロも続くまっすぐな坂道　そんなのは見たことがない　登って
いく　彼方に　冬　凍った地面　霧氷で灰色になった黒い枝　彼女は彼方の果てのほ
うで死にかけている　真っ白になって赦しながら

彼女がほしがったヒイラギの実　どんなのでもいい　少し色づき　少し緑なら　木蔦
はあんまり白　何でもいい　見つからなかったと彼女に言うこと　言葉　場所を見つ
けること　彼女は夏　七月にそうするべきだった　あうう　言葉を見つけること　私
が探した場所を彼女に教えること　左足右足　一歩進み二歩下がる

彼方のわが人生　彼方のわが人生において私のしたこと　いわば全部　全部試した
そして諦めた　順調だった　同じこと　いつも穴　廃墟　いつも食い物はあり　能な
しで　役立たず　七面倒なことはご免で　場末ばかりふらつく　そして眠る　望みの

ものは全部手に入れた　もう昇天するだけだ

パパ　何も覚えがない　たぶん建物の中　どこかで足場から転げ落ち尻餅《しりもち》をついた
いや倒れたのは足場で　彼もいっしょに尻餅をついた　百キロ　砕けて死んだ　彼だったにちがいない　または叔父さん　神のみぞ知る

ママのことも　漆黒の円柱　黒い手の中の見えない聖書　金色赤色の縁どりだけ　その中の黒い指　詩篇百いくつ　おお神よ　人間よ　彼の日々　草花のように　風　彼方の雲の中　顔面は象牙の白　唇をもぐもぐ　顔の下側　そうかもしれない

誰も　決して　誰も知らずに　いつも逃げ　走り　どこか他のところ　わが人生　彼方　場所や道だけ　狭い場所に長い道　一番の近道　または千の回り道　一番確かな道　いつも夜　明かりはかすか　少しかすか　AからB　BからC　わが家　やっと安全な場所　眠りに落ちる

最初の物音　足音　ささやき　鋼のカチャカチャいう音　見つめないこと　頭を腕にかかえ　両目は地面に　袖なし外套をかぶり　頭を回して頭巾に隠し　隙間を作り

目を開け　すぐ閉じ　隙間を閉じ　夜を待つ

BからC　CからD　地獄からわが家へ　地獄のわが家の地獄　いつも夜　ZからA神聖なる忘却　もうたくさん

彼は考えていたか　私たちは考えていたのか　ただ喋るために　聞くために　コンマさえなし　一つの口　一つの耳　抜け目のない老女のような二つがくっつき　残りは省略　二つは鉢の中に　ここで終わらせる　これに終わりがあるならば　独り言に夢想していた　そのとき　あのこと　少なくとも　いや私を夢想しているのではない私　ピム　来たるべきボム　私を考えること　ふん

ピム　一人だけ　私の前　一人だけ　もどってきた彼の声　彼は話していた　私みたいに　第三部　私みたいに　泥の中で私はつぶやく　私が自分の中に聞いていること喘ぎがやむとき　ぼろ屑　私がせめて尋ねていたなら　ありえない　私はわからなかったし　まだ話さなかったし　彼はわかっていなかっただろうし　**どうなんだ　いったい**　私はわからない　わからないだろう　私は尋ねなかったし　尋ねられもしない

だろう

私の声が消える　またもどってくるだろう　私の最初の声　彼方にもない　ピムの生決してそれも彼方にはなく　決して誰にも決して話さなかった　たった一人で　聞こえない言葉　音なし　私の望みどおり　下側の束の間の動き　大混乱　どうしたらわかる

もしボムが来なかったら　もしそれだけなら　しかし　そのときはどう終わる　この尻　迷いながら潜る手　つまり想像の　そして続き　そしてあの声　その慰め　その約束　想像ばかり　なじみの果物　なじみの青虫

これらすべて　あいかわらず　それぞれの言葉　私の中で聞こえるとおり　それは外にあった　喘ぎがやんだとき　それを泥の中でつぶやく　ぼろ屑　私は念を押す　ひとつひとつの言葉　あいかわらず　もうそれを言うまい　そしていま終わるために何第二部を終わる前に他に何かあるか　もう第三部そして最後だけ　そう　ひとりきりひとりしかいない　なんてこと

どんなふう
Samuel Beckett
Comment c'est
サミュエル・ベケット
宇野邦一 訳
河出書房新社
栞

永遠ヲ観測スル

藤原安紀子

身体の本だと思った。フィジカルなことが書かれている。物の本だとも思った。通底するのは力や流れ、重なり、動き、通り抜け。物理の本かもしれない。

識別しなければ現れない身体。自分という物は人生における幻想なのだと、どの地点からなら言えるだろう。死んだ後か、生まれる前か。わたしはまだ死んでおらず、すでに生まれた後なので、死後のことや生前のことはわからない。どんな人間も生きながらにそれを証明することはできない。「そう」、生物学上生存を認められる人間には決して認識できないことが、本書には書かれている。

そこ（彼ら）に「チクタク」と秒を数える時計が存在しないことは想像できる。人間が便宜的に使用する時間のような前後はなく、堆積もない。記憶という反復と明滅によって照射される装置もないので、ラブストーリーやスペクタクルは「チクタク」とともに、死後には消滅するのだろう。

――それ、ほんとう?

親密な関係への別離を思うと切なくて胸のあたりがチクタク。身体と物、記憶は扱わない、フィジカルなことだ。物理のことかもしれない。

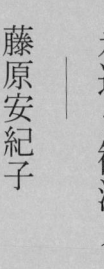

「ピム」はずっと移動し、波打っている。あるいは、個体の縁《へり》を通り抜けて全方位的にうごめいている。静止した時間と膨張しつづける空間を遊泳して、メビウスの帯状の遠さと近さを滑降する。

「ピム」に数は有効だろうか。有効であればおそらく複数、単数ではないけれど虚数かもしれない。数が無効な人の延長（「ピム以前の第一部」）と人の未然（「ピムの以後の第三部」）が「どんなふう」だか、知っている。

「聞こえるとおりにそれを言う」というのだから、様態としては声に近いと思われる。繰り返されるフレーズを浴びるように聞いて＝受け取って、言う＝受け渡すのはだれ／なに／どこか。延長といま（「ピムといっしょの第二部」）、いまと未然とのマージナルな位置ならば、定点観測できるのだろうか。

——わからないね

　謎だらけだ。『どんなふう』という得体の知れない書物。ここにある書記が小説か散文詩か譜面なのか、それはもうどうだっていい。しかし、読むための書物であることは確かだ。宇野邦一訳の本書では文節ごとに一字空きのブレスが入っている。そのため、音読すると（黙読でも）奇妙なリズムが生じる。調整された拍ではない。不均等に波打つようなリズムが徐々に渦巻きはじめ、波動に呑み込まれるように文字を追う。自分の呼吸も転回し、渦をえがき深部へと潜っていくのを感じる（窒息しないよう気をつけて）。これは「ピム」の呼気なのか。

——いいえ

「ただその声だけ　いやそれでもなく　ピムの声でもなく　決してピムの声だったことはなく　声はあったことがない」（p.107）

「ピム」を擬人化しないよう注意する。わたしはまだ死んでいないので、様態のわからないことを見える物に投影しがちだ。見えない物を霊魂や精神世界になぞらえて信じることはほぼないが、人間は万能でないし、知力が万有を超えることは決してない。よって、見えない物は存在するにちがいない。

「泥」のなかから「ピム」を掬い上げたのは、サミュエル・ベケットというかつて生きていた人だ。生存中に成し遂げたのだから、これは神業と言っていい。ベケットは死んでしまったが、永遠に死につづけているわけではない。であれば、彼は「ピムといっしょ」にどこへいった？「いや」、

——ドコヘモイカナイ

　わたしは死んでいないから、この声は聞こえない。声の所在がわからないし、確かめる術もない。仕方なく、『どんなふう』の頁を繰りつづく。

「私たちみんなのクワクワ　しまいに私たちは存在したことになって終わるのだから　ここの何かがおかしい」（p.156）

　人間が存在について考えることはおかしくはない。おかしいのは、人間の生死を中心とした存在論だ。わたしたちは「クワクワ」。「四方八方から」語りかけている。点状に生成する存在として方々でうごめいている。けれども、「私」はそれらを包括する方法を知らない。なぜなら、「たった一つの永遠」だから。点状の自意識という記憶の産物が「私」を個として「袋」にまとめる。なかの「缶詰」も「ピム」によって運ばれる。ここの何がおかしいか。身体を、物を、一部でなく全体としている言説が奇妙だ。ここのフィジカルがおかしい。

「たぶん一つ　こんな戯れを匿ってくれるかなり慈悲深い世界がたぶん一つ見つかる　そこでは誰も決して誰も棄てはしない　誰も決して誰も待たない　二つの体がふれあうこともない」（p.211）

物理のことだろうか。

ふじわら・あきこ＝詩人

ひとりきり　そして私のほうにかがんだ証人　名前はクラム　私のほうにかがんで
父から息子に孫息子に　はいか　いいえか　そして書記　名前はクリム　代々続いた
代書人　少し離れたところに文書庫があって　立ったり座ったり　はいともいいえと
も答えない　手本　抜粋

顔の下側の束の間の動き　音なし　または小さすぎ

十メートル　一時間四十分　時速六メートル　言い換えると　このほうがわかりやす
い　一分で十センチ　指四本の幅より少し多く　私は昔の日々を思い出した　手の幅
何ごとでもないわが人生　立っている男　霞《かすみ》のような

缶を開けようと必死になる　私たちのランプの代わりが見当たらず　諦め　もとに収
め　缶詰と缶切りは袋の中に　ごく静粛に

眠った六分　途切れがちの息　目覚めるとすぐ出発　六メートルちょっと　一時間十
二分　崩れ落ちる

動かないまま七年目の終わり　八年目の始まり　鼻づらのわずかな動き　泥を食っているみたいだ

午前三時　つぶやき始め　私の驚きは消え　ちょっとぼろ屑をつかみはした　ピムビム　固有名　どうやら想像しただけ　夢想　物事　追憶　ありえない生　みんな複数　運まかせ　ここに私の兄貴　昔の作業場　さらば

沈黙　怪物たち　広大な時間　完璧な無　先祖の記録を読み直した　時間つぶしにつぶやき始め　その最後の日　そこにいあわせるとは運がいい　私は何の役に立つ

私たちの記録を読み直した　時間つぶしに　彼ではなく私の問題　彼がまだもごもご言うにしてもかろうじて　もう一年以上　私はもう九割忘れている　まったく唐突に始まり　かすかに響き　あっという間に消え　ほんの少ししか続かない　私は駆けつけるが　終わった後

墓に眠る誰かと同じで動かない　そいつから目を背けるのは禁止　何になる　クリムはくたばってしまうと言う　私も同じ　まさか見棄てはしない　さっさとくたばるだ

け　それだけが解決

昨日　祖父の手帳の中　彼は死にたい場所を告げている　老衰　幸いにも　はかない
家族の名誉　隠居までよくぞもちこたえた　私　幸いにも　倦怠《けんたい》　無為　笑わせるよ
性格の問題　そして生まれつきの仕事

私は彼のそばに横たわる　幸いな思いつき　こうすれば彼をちゃんと監視できる　ち
ょっとの身震いも見逃さない　小さな腰かけに座っているよりは　昔のやり方　パパ
でさえ　そしていま彼のいるところでは　目よりも耳で　あえて私が言うならば　明
らかなこと　やる気にならなけりゃ

クリムもまっすぐに　瓶立てに置いたように　まったく望みどおり　ボールペンで清
書　何も聞きのがすまいと待ちかまえる　仕事にはことかかない　何もないならでっ
ちあげる　時間をつぶさなけりゃ　でなければ死
体のことを記した手帖　無臭の屁　便座　等々　単なる泥　吸引　身震い　袋の中の
左手のかすかな痙攣　音なしの下側の震え　落ち着いた穏やかな頭の動き　泥の剝《は》が

れた顔　左か右の頬　そして左か右の自分の位置に落ち着く頬　顔か右の頬　左の頬か顔　何か変化のあるたびに　私の考えでは　私にとって上出来　何か思い出す

クラム七世　臨終状態　たぶん　頭は枕カバーより白く　そして私はやっぱり始末に負えない輩でしかなく　これで終わりか　ついに長い静かな臨終　そして私は幸運な選ばれしもの　これら全部のための手帖　とにかくその中に手本が読める　五月八日戦勝記念日　彼は埋もれていく感じ　クリムは私を狂人扱い

二冊目　口ごもる　一言いうたび　ほとんど直せない　三冊目　これは私の註釈のため　ところがいままで　すべて無茶苦茶　同じ青　黄　赤の中　別々にそれを考えるだけでよかったのに

私のランプの光を浴びながら　汗まみれになるほど　彼はぶつぶつ言う　暗闇で彼は盲目か　たぶん　彼はときどき大きな青い目を開く　それから道連れのこと　何も見えない　彼の頭の中は暗闇　友

彼に触るのは禁止　彼はそれで安堵　クリムはそれを無視して　尻を拭いてやりたが

る　少なくとも　顔をぬぐってやる　何も不都合はない　誰が知ろう　決してわからない　知らないほうがいい

偉大なクラム九世を夢に見た　私たちみんなの中で一番偉い　その日まで会ったことがなかった　残念　祖父さんは覚えていた　怒り狂って限界寸前　無理やりもちなおし　ソーセージみたいに紐で縛られ　クリムは消え　もうもどらなかった

憐れみをもったのは彼が最初　幸い甲斐もなく　家族の名誉　小さな腰かけをなくしたこと　くだらない名案は採用されず　三冊の手帖という思いつきにも続きはないどこが偉大なんだ　あれだよ

豊かな証言　そのとおり　おまけに疑わしい　特に黄色の手帖　それじゃない　ここからの声じゃない　ここですべて自我は放棄すべき　何も言わぬこと　何もないときは

青い両目　私はそれらを見る　古い石　たぶん　私たちの新たな昼光　これには賛成頭そして闇のなかの友　確かにそれ　そして声　彼らみんなの声　私には何も聞こえ

ない　みんな何だというんだ　畜生　私はその名の十三番目

ここでもやっぱり　どうやって知るのか　私たち自身の感覚　私たちの明るみ　証拠は何か　それにもし私に十三の生があるなら　ここで十三と私は言うが　すでに　その前に　それ以来　他の王朝がもういくつあったのか

この声　何と忌まわしい　ときどき私はそれを聞いているようだ　そして私の明かり私の明かりは消えてしまえ　クリムは私を狂人扱い

二年より少し長く我慢する　そして再登場　ああ　いや　寝そべったまま　もし寝そべっていられるならもう動かない　私にできること　一時的衰弱　後生だから　少し遠くに行くこと　少し遠くがあるならば　このちっぽけな明るみしか知らない　昔は動いていた　本の中でのこと　少し遠くの泥　暗闇の中　転ぶこと　私の瀕死の兄彼の孫息子に　おまえのパパ　彼の祖父さん　彼はその中に消え　二度ともどらなかった　そのことを考えよ　おまえの最期が来るときには

秘密の小さな手帖　そのなかの親密な記録　私だけの小さな手帖　日々の魂の吐露

禁じられたこと　ただ一冊の大きな本　その中に全部　クリムは想像する　私が描くものは何か　忘れられ愛された風景　顔

もうたくさん　抜粋は終わり　はいかいいえか　はいかいいえか　いやいや　証人はいないし　書記もいない　ただ一人　それでも私はそれを聞き　それをつぶやき　ただ一人　闇　泥の中　それでも

そしていま　続けるため　終わるため　それをなしとげるため　さらにいくつかのささいな場面　彼方の生　光の中　それが浮かんでくるまま　言葉どおりに　最後のささいな場面　私はそれを始め　それをやめる　頭蓋に一撃　それ以上聞いているのは無理で　もしくは彼がやめる　それ以上言うのは無理で　それはどっちかで　缶切りすぐに　またはなし　しばしばなし　そして沈黙　休憩

彼は黙った　私が黙らせた　黙るのを放っておいた　どっちだったか　はっきりしない　事態は中断　長い沈黙　多かれ少なかれ　はっきりしない　長い休憩　多かれ少なかれ　私は始める　缶切りまたは大文字　状況による　でなければ一言もない　新たな続き　以下同様

数々の空白は穴　でなければ崩れる　多かれ少なかれ　多かれ少なかれ穴は大きく穴の話だが　はっきりさせるのは無理　無駄なこと　穴のことは覚えている　続きを待つ　いや私のまちがい　それに缶切りは　いや缶切りは　それでも　彼を窮地から救ってくれる　はっきりしない　あるがまま　それが現れるまま　言葉どおりに　続けるため　終わるため　それができるように　第二部　もう第三部そして最後しかない

どこの国　あらゆる国　真夜中の太陽　正午の闇　あらゆる緯度　あらゆる経度

あらゆる経度

どんな人間たち　黒から白へのあらゆる色調　すべて試した　そして諦めた　大丈夫だった　同じこと　あいまいすぎる　お許しを　憐れみを　故郷で死ぬためにもどってきた　二十代で　鉄の健康　彼方　光の中　わが人生　あくせくの生活　何でも試した　特に建築関係はまあまあ　あらゆる持ち場　特に漆喰　パムに出会ったこと私の考えでは

愛　愛の誕生　満ちては欠け　死　努力　尻から復活するため　女陰で新たに空しく結ばれ　空しく　窓から身投げし　または転落して背骨が砕け病院　マーガレット嘘　宿り木のことは　ごめん

昼に出かけた　いや夜　光が乏しいから　少し暗くなれば夜出かけた　昼は身を隠した　穴一つ　廃屋一つ　廃屋だらけの地方　あらゆる時代　背骨が奇形の私のスピナル犬　私の陰部　汚れたところもなめてくれた　馬車に轢かれた　うすのろ　背骨が砕けた　三十代　まだ存命　あいかわらず鉄の健康　どうしようもない

人生　ささいな場面　緞帳《どんちょう》が開くのを見る時間だけはある　黒いビロードが重たく揺れる　なんて人生　誰のもの　十歳十二歳　陽の下で　壁の下で眠りこむ　手幅ほどの厚さに積もった白い埃　紺碧　ちぎれ雲　他の細部　また沈黙に包まれる

どんな太陽　なんのことを私は話した　なんでもいい　話した　それが必要だった何かを見た　それを彼方と呼んだ　そんなふうだったと　それは私だったと言った十歳十二歳　太陽の下　埃の中に眠りこんだ　安らぎを得ようと　それを得る　それ

を得た　缶切り　尻　場面　次の言葉

月下の海　船出　日没のあと　月　光　あいかわらず　昼と夜　船尾の小さな塊　私が見るのはみんな私　あらゆる年齢　潮の流れが私をさらい　引き潮を待ち　私は故郷の島をさがす　結局　転落　もう動かず　岸辺まで夕方ひとまわり　沖のほうへそれからもどる　倒れる　眠る　目を覚ます　沈黙の中　開いたままでいられる目生きること　昔の蟹や海藻の夢

遠のいていく後方に　兄弟たちの土地　そして消える灯火　山　もしもどるならば高まる波のざわめき　彼は倒れる　私は倒れて膝をつき　前方に這う　鎖のカチャカチャ　それはたぶん他人　他の旅　他の旅との混同　どんな島　どんな月　人は言う見えるもの　ときどきそれと並行する考え　それは消え　声は続き　少々の言葉　声は中断するかもしれない　続くかもしれない　何が決め手かわからない　それは言わない

何が決め手か　爪は伸び続けるかもしれない　死んだ手　数ミリちょっと　髪　死人の首　それらと別れる命　子供が回して遊ぶ輪　私は子供より大きく　私は倒れ　消

え　まだ輪は回り　速度を失い　揺れ　倒れ　消える　小径は静まる

続けるのは不可能　私　私の話　ピムではない　ピムはおしまい　彼は終わった　私はいま第三部の中　ピムじゃない　私自身の声がそう言う　これらの言葉　続けるのは不可能　そしてピム　ピムは存在したことがない　終わるために私が待っているボム　私も終わったということ　ボムは決して存在しないだろう　ピムもボムもない声　クワクワ　私たちみんなの声　それも存在したことがない　ただ一つの声　私の声　他人のでは決して　ない

これらすべて　ピムではなく　つぶやくのは私　これらすべて　私自身の声　それだけ　そして　私のほうにかがんで　三つのうち一語を　五つのうち二語を記している最中　代替わりしながら　是か非について一語　しかしとにかく続けること　さしあたって不可能　まったく　それこそ本質　そのうえ狂気　私はそれを聞き　泥の中泥にむかってそれをささやき　狂気狂気　たわごとはやめろ　泥で顔を塗りつぶせ子供が海辺の砂でやるように　田舎の石切り場　つつましきもの

まわりから責められ　子供のおまえは砂場でやって見せただろう　おまえでも泥はこ

めかみよりも上にきて　もう灰色の三本の髪しか見えない　古い鬘《かつら》はごみになった偽の頭蓋骨には黴が生え　そして休憩　おまえは何も言えない　時間が終われば　たぶんおまえも終わる

これらすべて　これらすべてを言うための時間　私の声　私自身の一つの声　こんなじゃない　もっとかすか　もっとあいまい　でも意味は　そしてピムにもどる　第二部はどこで放棄された　まだ終わることができる　そうしなくてはならない　そのほうがいい　もう三分の一だけ　五分の二　それから最終部　もう最終部しかない

F_{15}　だから　深々と　光の束　急げ　終わり　彼方　最後のもの　最後の空　たぶんガラスの上シーツの上をすべるこの蝿　一夏を前にした蝿　あるいは正午　ガラスの向こうの色彩の栄華　洞窟の開いた口に　そして近づいてくる幕

二つの幕　左に一つ　右にもう一つ　近づいて合わさる　いや一つは下り　もう一つは上り　いや上の左または右の角　下の右か左の角を斜めに切った面　一二三そして四　近づいて合わさる

第一の組　それから他の組をその上に　必要なだけ繰り返す　または第一の組　一二三または四　第二の組　二三四または一　第三の組　三四一または二　第四の組　四一二または三　何べんでも　必要なだけ

何のため　幸せのため　ふくらんだ目　瞳　真昼が夜になる　むしろ早朝の蠅　四時五時　日の出　その一日が始まる　蠅　蠅のことを喋っている　こいつの一日　こいつの夏　窓ガラス　シーツの上　こいつの一生　最後のもの　最後の空

F　だから　深々と　急げ　終わり　彼方　光にうんざり　そして肌に爪　ローマ字Iの上の棒のため　突然　早すぎ早すぎ　そのとき　少々のささいな場面　また突然その上に深々と刻む　黒海の聖アンデレ十字　そして缶切り　つまりあいかわらず私の気まぐれ

わが人生　また彼方　光の中　袋の中　もぞもぞし　落ち着き　またもぞもぞし　すりきれた横糸を光が透け　白は衰え　乾いた音　あいかわらず　遠くに　しかしそれほどでもなく　日暮れに彼は袋から出る　見る影もなく　またこの私　まだここにいて一番目で　まだ私で　それに他人たちが続く

何歳　神さま　五十　六十　八十　萎《しな》びて膝をつき　尻をかかとの上に　両手は地面に開き　足も同じ　じつにくっきり　太腿が痛い　尻があがる　頭がひっくり返り藁《わら》に触れる　このほうがまし　箒の音　犬の尻尾　私たちはずらかりたい　わが家　やっと

私の目は開きすぎ　また光　藁一本一本が見える　少なくとも三四回たたく音　金槌　鑿　たぶん十字　または何か他の模様

四つ足でドアにたどりつき　頭をあげる　それでいい　割れ目越しに世界の果てを覗く　こうやって世界の果てに向かうのだろう　膝をついて　私はそこを一周する　膝をつき　腕が前足　目は地面から指二本のところ　嗅覚がもどり　私の笑いが　乾いた空気の中　埃をまきあげる　膝をつき　亡命者たちといっしょに甲板の間の通路をわたる

薄紫のホメロス風の光　道の間の薄紫の波　頬ひげこうもりが出てくる　私たちはまだ　そこまでまぬけじゃない　それは私　頭脳　いつもはるかな物音　ますますかす

かになり　夕暮れの大気がそれを欲しがる　理解しなければ　これらのこと　そして後に近づくのは　近づいてくるのは車輪の軋みでしかないこと　砂利の上でがたつく鉄で蔽った外輪　たぶん収穫期　家路　しかしそのときは木靴

どうでもいい　私はもどってきた　膝をついて続ける　あいかわらず顔の前に両手をあわせ　鼻先で親指の先をあわせ　ドアの前で指をあわせ　帽子か頭頂をドアにくっつけ　姿勢はわかったが　何と言うか　誰が懇願しているか　何を懇願しているかわからず　どうでもいい　問題は姿勢であり意図

なんと私はへこたれないことか　日が暮れるだろう　ある日　みんな眠るだろう　私たちは外に滑り出るだろう　尻尾で藁を掃き　彼はもう頭なんかもたず　いまはもう私たち二人のことを考えるのは私の頭　ここでなじみのカーテンが左から右から引かれて私たちを隠し　そして残りは　ドア全体が消え　彼方の生　ささいな場面　それは私の想像にあまるようだった　私の想像には

頭蓋に一撃　何になる　解剖　それから何　それから何　私たちは見てみよう　それから最後の言葉　盛んな応酬　いくつかの語　**私を愛してるか阿呆**　いや　ピムの失

踪　第二部の終わり　もう第三部と最後しかない　続けられない　同じことを続けるやめられるか　やめるのはむしろここで　続けられない　やめられない　やめること

だからピムはやめる　彼方の生　光の中　もうがまんできず　私は折れて　または頭蓋に一撃　もうがまんできず　私はこっちかあっちか　それから何　彼　私　私は彼に尋ねよう　しかしまず私　ピムがやめるとき　私はどうなる　しかしまずくっつきあった体　横腹と横腹　私は北側に　それでいい　上体と足のことは　しかし両手はピムがやめるとき　どこにあるのか　何をするのか　両腕両手は

彼の右側　ずっと右　鎖骨の軸　またはヴォルガ川の聖アンデレ十字　私のは彼の両肩のまわり　彼の首が私には見えない　右腕はこのとおり　右手が私には見えない　私たちはそのまま何も言わない　そして反対側　左側　腕　私たちは前に伸ばした腕について言う　両手はいっしょに袋の中　それでよし　四つの腕　四つの手にとっては　しかしいっしょにどんなふうに　たがいに触れるだけで　あるいはつながれ

つながれ　しかしどんなふうにつながれて　まるで握手するみたいに　そうではなく彼の手は平らに　私のはその上　曲げた指は彼の指の間に滑りこみ　爪は掌にあたり

そんな位置に手は落ち着いた　こんどはよく見える　そしてついでに突然　遅すぎのちょっと遅れた光景　いかに私の命令が　別のもっと人間的な手段によって

私の要求が　別の信号の働きによって　まったく別のもっと人間的な　もっと精妙な手段によって　手から手へと袋の中で　左手の爪と掌　ひっかき　押しつけ　いやいつも右手にではなく　頭蓋に一撃　脇の下に爪　歌のため　缶切りの鋼を尻の中に取っ手は腰を突き　素っ気ない平手打ち　人差し指は穴の中　必要なことは完璧に残念　よし　そして頭どうし

頭を頭につけ　いやおうなく　私の右肩は　彼の左肩に這い上がり　どこでも私が上だが　どんなふうにくっつける　いっしょにつながれた老いた駄馬のように　いや私のもの　私の頭　泥の中の顔　彼の頭は右頬を下に　彼の口は私の耳にくっつき　私たちの毛は絡みあい　私たちが離れるには毛を切らなければならなかったか　そんな印象　まあこんなふう　体　両腕　両手　頭にとって

というわけでこれが私たち　彼　私の顚末《てんまつ》　この姿勢のまま過去に逆戻り　がまんできずにピムがやめたとき　私は承服し　または頭蓋に一撃　がまんできずに私は彼に

頼むだろう　いい加減に　私　私

問い　彼がいましがた言ったこと　むしろ私があの声に聞きとったこと　その声はあまり長く黙っていたので嗄《か》れてしまった　三分の一　五分の二　またはそのとき　すべて　それぞれの言葉　問い　そこで言葉がやむとき　そのなかのどこかに考えるべきことがあるのかどうか　言葉なき祈り　牛小屋の扉にむかって　大いなる赦しにいたる長い極寒の上り坂　遅すぎ　その上なんだ　小潮の沖の夜　島の乏しい小さな海の　あるいはどれか他の旅

これでこの長い季節の一瞬を紛らわすこと　または喉の渇きを癒すために飲む少々の水でしかない　そして別れのあいさつ　少々の溜まり水でしかない　この時刻に私は喜んで飲むだろう

そして問い　すぐ後で私が彼に尋ねるつもりのこと　きっと彼に尋ねることができるまだこれが気にかかっている　数秒でもいい　幸せな数秒になるだろう　答はないもう質問ではない　なぜ答なんだ　なぜって　そうだな　私にもまだ理性というものがある　私が尋ねたこと全部　もうわからない　ただ　何と言うか　でもただわかっ

ているのはただ彼がまだそこに半分私の腕の中で私に小柄な体をくっつけたままで
少なくともこれがわかっていること　そしてこの年齢不詳で泥まみれの黒い小さな体
の中　沈黙に閉じこもるとき　まだ感情は十分　彼はまだここにいられる

私といっしょに誰かここに　まだ私といっしょに　そして私はまだここに　奇妙な願
い　沈黙がここにまだ十分続き　私に尋ねられるほど　数秒間でも　もし彼がまだ息
をしているなら　または私の腕の中ですでに　いじめようもないほんとうの死骸なら
これからは　そして私の腕の下で横腹にくっついているこの生ぬるいもの　泥だけが
生ぬるいまま　私たちの見たとおり　いっしょの数奇な旅で　言葉がこの地方を見せ
てくれよう

だから陽気にやろう　また押しては引っぱり　もしニシンばかりなら　ときどき海老
は幸せなときで　ああ　もうここじゃない　道は　もうそこを通っていない　袋の底
の缶詰　空虚の下ですきまなく　それらの亡骸の上　永遠に閉ざされ　声はやむ　彼
方の生　光の中　どれかが理由　それと私たち　これが私たちのなれの果て

私はとにかく彼に　私は彼に尋ねよう　私のなれの果てを　沈黙が私を引き止め　そ

れから再開するとき　ほらここに　道　缶切り　または大文字　そして私の耳に触れた毛むくじゃらの中に　強奪された声　彼方の生　あるつぶやき　腰に缶切り　もっと上　もっと上　もっと明るく　そして私のなれの果て　私にもう声がないとき　私は別のを手に入れるだろう　クワクワ　私たちみんなの声　そうは言わなかった　私は知らなかった　それから私自身の声　それでもない

いや何も　私は何も言っていなかった　私は聞こえるとおりにそう言う　私はいつも言っていた　下側の束の間の動き　音なし　ピムの声が私の耳にむかって言う　私はずっとそれを手中にしているかもしれない　彼方の生　他に可能性はない　私たちの青のささいな場面　あいかわらず昼　晴天　少々の浮雲　夜　星々　天体　決して闇ではない　好きなだけ打ち明け話　秘密は私たちの間に　あるつぶやき　いつも同じ私の考えではいつも聞いているやつだ　問題なんかない　私はそれ　自分の意見をつぶやく　問題なんかない　決して疑いが私の頭をかすめたはずはない　私の考え　私はそれを聞きつぶやく　決して決して

ピムの束の間の声　それから何も　人生　私たちが言っているように　ささいな場面一分二分の楽しいとき　それから何も　もっとましなことは　疑いなく　クラムは一

年二年待つ　私たちのことはお見通し　ここの何かがおかしい　それでも二年三年最後にクリムに　彼らは死んだ　ここの何かがおかしい

死んだクリム　おまえは変だ　ここじゃ誰も死なない　鉤爪になった長い人差し指でぐらつくクラムは　泥に穴をあけ　皮膚まで届く小さな管をつくる　そしてクリムにおまえは正しい　彼らは生温かい　クリムはクラムと役割交替　それは泥クラム　一年二年空気にさらしておこう　クラムの指はまだ生温かい

クリム　私はそれが信じられない　彼らの温度を計ろう　クラム　無駄だ　皮膚は薔薇色　クリムは薔薇　おまえは変だ　クラム　彼らは生温かく薔薇色　というわけで私たちは無　そして私たちは薔薇色　楽しいとき　疑いなく

要するにもう一度　これっきり　ピムの声　それから　無無　それからピムの声　私は黙らせる　もはや存在しないため黙っているのが苦痛で　結局また存在するように結局再開させる　ここで私にはつかめないことがある　なにしろ私　可能であるための存在　大文字　缶切り　運命的論理的　まだ残っている理性の一部

総じて　もっと生き生きしている　こうなりたかったわけで　こうなった　私は聞こえるとおりに言う　もっと　何と言うか　もっと生き生きと　これ以上のことはないピムの前　第一部　もっと自立して　私は自分自身の影を見ていた　這いまわり　食べ　それが望みなら　あれこれちょっとは考え　たった一つの缶切りをなくし　人類にしがみつき　千一の些事にも熱中し　笑い　相応に泣くことさえあり　それもすぐ乾き　要するにしがみついていた

やはり無　もちろん　しばしば無　すべてに反して　死んで　薔薇色　生ぬるく　そこにいた　子宮の中から備えていた　そのとおり　自分のことは確かにますますわからなくなっていた　子宮にいたときから　喘ぎはやんで　私はそうつぶやく

いかにピムでも　はじめはピムといっしょ　第二部　最初の半分　最初の四分の一ずっと生き生きして　私にできたようにできたこと　かつてそうしたように彼を躾けること　こんな方式を想像し　そして適用すること　私は立ち直れないだろう　それを機能させること　私の敗北　なにしろあれから明らかなこと　片目があいて　すぐ閉じる　私は自分を見た　あれからもう声しかない

ピムのそれ　続けて私たちみんなのクワクワ　結局私一人のため　私たちみんなの私一人の　私なりの声　泥の中　暗い薄い大気の中の一つのつぶやき　もう短い波長しかない　一秒に三百四百メートル　下側の束の間の動き　つぶやきとともにかすかな震え　泥とすれすれ　一メートル二メートル　私はすごく張り切って　もう言葉まばらなつぶやきしかない

たくさんの語たくさんの失われたもの　三つに一つ　五つに二つ　音それに意味　同じ割合　いや何もなし　私は全部聞く　全部理解する　そして生き直す　私は生き直した　私は言わない　彼方　光の中とは　影の間　影を探しながら　私はここで言う**ここのおまえの生**と　要するに私の声　でなければ無　だから無　でなければ私の声だから私の声　はりあわせたたくさんの語　あるつぶやき　つまり最初の手本

そういうわけで　声も私を見放す　他の連中のように　そして無　無でしかない無それからボム　ボムといっしょの人生　遠くからもどってきた古い言葉　いくつか彼は放さない　彼は私の左にいる　右手は私をかかえ　左手は袋の中　私の左手の中耳は私の口につき　私の生は彼方に　低い声で　老婆に甘やかされて腐った老人たち不死の青空　夜を連れてくる朝　時間の別の区分の名称　なじみの花たち　いつも明

るすぎる夜　人が何を言おうと　確かに継続する地獄のような場所　故郷《ホーム》　私はいつも彼の思う壺　少しの間　低い声で　望みどおりに　私たちを死なせはしなかったしつこい疫病神の思いのまま　そして　やーい　と言うだけ　頭から足に走る鼠　闇泥の中

さらにそういうわけで　第二の例　ピムのでもボムのでもない　私しかいない　ただ一つの声　私の声　それは私を見放し　よりをもどし　私もいっしょ　またはついに明かりの下　第三の例　最後　理想的観察者の明かりの下　口が突然あわてだし　そこいらじゅうで　薔薇色の舌が一瞬少し涎《よだれ》を垂れ　それが滴り　そして突然一直線になるまで唇が飲み込まれ　もう粘膜の跡はなく　アーチの端から端まで一塊に凝縮した歯茎が見分けられ　彼は何も疑わない　しかし私はどこに移った　それから突然再び　それからそれから　私はどこに行く　それからそれへ　そのあいだに　だけどまず早く共同生活にけりをつけること　ついに第二部の終わり　ついにもう最後しかない

こちらのおまえの生　長い間をおいて　**こちらのおまえの生**　深々と　長い間　この死んだ魂　なんとおぞましい　私は想像できる　未完の**おまえの生**　なにしろつぶや

き　光　昼と夜の光　ささいな場面　ここで血が流れるまで　そして誰かが膝をつき
または暗い片隅にしゃがみ　薄闇の中のささいな場面の始まり　**ここでここで**　骨ま
で　爪がすぐに割れ　もう一人はくぼみの中　**ここでここで**　わめき　頭蓋に一撃
顔じゅう泥にまみれ　口鼻はもう息ができず　またわめき　そんなのは見たことがな
い　彼の生　ここで老いた子供のわめき　暗い大気　そして泥の中　おさえようもな
い　よし　再開しよう　**ここでここで**　骨の髄まで　わめき　それを飲み干そう　太
陽の歳月　数字はない　ついにそのときまで　よし　見えた　ここの生　この生　彼
にはできない

だからもろもろの問い　**おまえ私が好きか阿呆**　この類《たぐい》の盛んな応酬　けりをつける
ために　ここに集まっている　結局　彼がどうやってたどり着いたか思い出すなら
いやある日　彼はここにいあわせた　そう　誕生のときのように　そう　お望みなら
そう　もしわかっているなら　どれくらい前のことか　いや　全然わからない　いや
もし彼がどんなふうに生きたか思い出すなら　いや　いつもこんなふうに生きてきた
そう　泥の中を這いつくばり　そう　闇　そう　袋といっしょに　そう
決して　明かりなんか　いや決して　誰も　いや決して声なんか　いや私　一人称な

んか　そう　決して動かなかった　いや這いまわりもしなかった　いや数メートル
いや食べた　間をおいて　**食べた**　深々と　いや　袋の中に何があるかわかっている
のか　いやまったく関心がなかった　いや　彼はいつか死ぬかもしれないと思ってい
るか　間をおいて　**いつか死ぬこと**　いや

誰のためでもない　私が彼のために何を　生気を吹きこむ　いや　確か　そう　決し
て　自分の肉に　他の肉を感じたことがない　いや　幸せでも　不幸せでもない　い
や　彼は私が触れるのを感じているか　いや　ただ私が彼を苦しめるとき　そう

彼は歌うのが好きか　いや　しかしときどき彼は歌う　そう　いつも同じうた　間を
おいて　いつも**同じう**　そう　彼には物事が見えるのか　そう　しばしば　いや　さ
さいな場面　そう　光の中　そう　だけど　めったにないこと　いや　まるで灯がと
もったみたいに　そう　まるで　そう

天と地　そう　みんながあちこち探し回って　そう　そして彼はそこ　どこか　そう
うずくまり　どこか　そう　まるで泥に穴があいたみたいな　そう　または泥が透明
になって　そう　でも　めったにないことで　長続きせず　いや　でなければ　闇

そう　彼はそれを彼方の生と呼ぶ　そう　こちらの生とは反対に　間をおいて　**ここ**
わめき　よし

これは思い出ではない　いや思い出なんか彼にはない　いや彼は必ずしも彼方にいたわけではない　いや彼が見ているあちこちに　いやたぶんあそこにいた　そう　どこかに潜んでいた　そう　夜は壁にまぎれこんで　そう何も彼は肯定できず　いや否定できず　いや　だから思い出について私たちは語ることができず　いやそれでもそのことを喋ることもできる　そう

彼は自分に語っているか　いや考えている　いや神を信じている　そう毎日　いや死ぬことを願っている　そうしかし　そのつもりがない　いやここに留まるつもり　そう　闇の中　そう泥の中　そう南京虫のようにおしつぶされ　そう動かずに　そう思考なしに　そう永遠に　そう

彼は自分の言っていることを確信しているか　いや彼は何も肯定できない　いやたくさんのことを忘れることができた　いや何かささいなこと　そうそこにあったささいなこと　そう少し這いまわったことだとか　そう少し食べた　そう少し考え少しつぶ

やいた　少し自分にむかってだけ　そう人間の声を聴いた　いや彼はそれを忘れちゃいないはず　いや私の前に兄弟とすれちがった　いやそれを忘れたはずはない　いや

彼の望みは私が彼を放っておくことなのか　そう平穏に　そう私なしに　それが平和というもの　そう平和だった　そう毎日　いや　私は彼を放っておくだろうと彼は思っているのか　いや私はここにずっといるだろう　そう彼にくっついて　そう彼を虐待し続け　そう永遠に　そう

しかし彼は何も肯定できず　いや否定もならず　いや　別のことが起きたかもしれない　そう　彼の人生　ここの　間をおいて　彼の生　ここで別のことが起きたかもしれない　間をおいて　**ここでのおまえの生活**　深々と刻みつける　わめき　頭蓋に一撃　顔は泥の中　鼻　口　わめき　泥の中　よし了解　彼にはできない

彼方　明かりがともる　ささやかな場面　泥の中　または昔の思い出　言葉　彼はそれを見つけて安心する　**ここで**　わめき　この生活　彼には不可能　またはもはや不可能　可能だったこともある　どんなふうだった　別人の前　別人といっしょ　別人の後　私の前　そこにあった少しのもの　私に似たもののほとんどすべて　ここの私の

生活　ピムの前　ピムといっしょ　どんなふうだった　私が手に入れたなけなしのもの　これらすべて　私はそれを言うことができた　思えば　聞こえるとおりに　そして言う　彼をよき模範として終わるため　低い声で泥に教える　早く早く　もうすぐもはや私も　決してピムも　決してなく　決して何も手に入れたことはない　このほんの少し　急げ　だから残りの少し　急げ　それを付け足すこと　ボムの前　彼が来る前に　私にそれを尋ねること　どんなふうだった　彼の前のここでの私の生活　残りわずか　急げ　それをつけたすこと　どんなふうだった　ピムの後　ボムの前　どんなふう

急げ　だから　やっと第二部の終わり　どんなふうだった　ピムといっしょ　とどのつまり　もう第三部そして最後だけ　どんなふうだった　ピムの後ボムの前　どんなふう　聞こえるとおりにこう言いながら　ある日　これらすべて　ひとつひとつの語いつも聞こえるとおりに　私の中で　それは外のクワクワだった　私たちみんなの声喘ぎがやむとき　泥の中の泥へのつぶやき　ある日私にピムにもどってきた　どうして知らない言わない　無から戻ってきた無のことを　一人きりということの驚き　もうピムはいない　私だけ　闇　泥の中　ついにもう第二部の終わり　ピムといっしょにどんなふうだった　ついにもう第三部そして最後だけ　どんなふうだった　ピムの

後ボムの前　どんなふう　このとおり　ピムといっしょでどんなふうだったか

3

というわけで　ここに私はやはり第三部を引用する　ピムの後でどんなふうだったか
結局第三部そして最後はどんなふうか　これにむかって空気よりも軽やかに　一瞬
ふわっと舞い落ちるのは　積もり積もった誓い　ため息　言葉なしの祈り　最初の語
から　私はそれを聞くが　その語　どんなふう

もう時間がない　私は聞こえるとおりに言う　泥の中でそれをつぶやく　私は沈む
沈む　誇張している　もう頭がない　想像は尽き　息も尽き

広大な過去　近くても　遠くても　はるか昔の昔の今日　あるいはまたハチドリ　す
ぎゆく瞬間と呼ばれる　これらすべて

広大な過去　ハチドリ　それが左からやってきて　すばやく右回りの半円を描くのを私たちは目で追う　そして休止　そして続き　そしてそして　あるいは目を閉じるこの方がいい　頭を下げても　下げなくても　嵐の下　小さな空白　楽しいとき　小さな闇から闇　そしてうたた寝　これらすべて

これらすべて　ほとんど白　それは飾り過ぎだった　いくらかその跡　これで全部誰のこと　あいかわらず私　多かれ少なかれ　わずかなもの　わずかにそこに　しかしそこにわずか　しかしそこに強いられ

ピムの前　ピムといっしょのときよりずっと前　広大な時間　種々の考え　同じ類《たぐい》様々な疑念　泣きだすほどの感動　動揺もまた　そして運動　全体もあれば部分もあり　彼が去ったときのように　そのすべて　ほんとうの故郷《ホーム》をさがすこと

そこにはだから　多かれ少なかれ　かつてはもっと　この頃は少な目　ほんの少しこの頃はいつも　これは最後　ごくわずか　ほとんどなく　ほんの数秒　ちらほらそれが一生の目じるし　いくつかの生　十字架　いたるところに　消しがたい跡

これらすべて　ほとんど白　そこから取り出すものは何もなく　ほとんど無　そこに入れるものも何もなく　これこそ一番悲しいこと　これこそ想像力の衰えか　底をつき　いわば沈下　いいぞ

でなければまさに天に昇ること　結局ここしかない　どん底

でなければ　結局動かないこと　これなら守りきれる　半分泥の中　半分その外

とにかくもう頭はない　ほとんどない　心はない　かろうじて満足を覚えられる程度少し満足　そこでこんなにちっぽけになり　少し沈んで　結局どん底にいることに

ちょっと愉快　ここに不在なら　その分だけ愉快　ここにいるとき涙は少しになるちょっと少し　ここにいるとき言葉は不足し　すべてはほぼ不足し　言葉が不足し食い物が不足するので　涙も少しになり　そもそも誕生　これが不足し　これらすべて　これで愉快になり　それはそうにちがいない　これらすべて　もうちょっと愉快に

どんなふうだった　それが不足している　ピムの前　ピムといっしょ　すべてが　ほとんどすべてが失われ　もう何も　ほとんど何も　幸いにも終わって　それ以降だけピム以降はどんなふう　広大なとき　ピムの前ピムといっしょ　広大な時間　数分あちらこちらで加算され　広大　永遠　同じくらいの大きさ　中には何もない　ほとんど何も

両目を絞る　私はあいかわらず引用する　青のじゃなく　後ろの別の目　何かをどこかに　ピムの後　もうそれしかない　頭の中の息　もう頭だけ　中には何も　息以外にはほとんど何も　はあはあ　ちょうど百回　息を止める　止まってくれ　十秒十五秒　何か聞こえる　聞こうとする　昔のなけなしの言葉　ピムの後　どうだった　どんなふうか　あっという間

ピム急げ　ピムの後　彼が消える前　私しかいなかった　私ピム　どんなふうだった私の前　私といっしょ　私の後　どんなふう　あっという間

袋　いいぞ　泥の色　泥の中　すぐに言うこと　それは袋　周囲と同じ色　彼はその色と合体し　ずっとそのまま　それはあれかこれか　他のものはいらない　他のもの

と言ってもそれは一体何か　いくらでもある　袋［sac］と言うこと　古びた単語　最初に閃く　最後に音節c　他のものはいらない　みんな消えてしまうだろう　袋一つこれでよし　言葉　物　それは可能な物に属する　ほんのちょっとしか可能ではない世界の中で　そう　世界　それ以上に何を望めようか　可能なこと　可能なことを見る　それを見る　それを名づける　それを名づける　それを見る　もういい　休憩またもどってくるさ　仕方ない　ある日

喘ぎをやめること　聞こえるままに言うこと　それを見ること　片腕　泥の色　袋から出るところ　素早く言うこと　片腕　それからもう一方　別の腕のこと　硬直し緊張したそれを見ること　届くには短すぎるみたいだ　こんどは手をそえる　伸ばして広げた指　爪　怪物　言うことと見ること　これらすべてを

一つの体　それがなんだ　一つの体と言う　一つの体を見る　もともと白い裏側全部いくつか染みがはっきり残り　髪は灰色　まだ伸びている　うんざり　一つの頭　言うこと　一つの頭　見たこと　一つの頭　全部見た　可能なこと全部　一つの袋　食糧　一つの全身　存命中　そう　生きている　喘ぎをやめること　喘ぎはやめてくれ十秒十五秒　その息を聞く　生きた証し　そう言うのを聞く　それが聞こえると言う

よし　もっと激しく喘ぐこと

まばらに　風にまかせるように　しかし乾いたかすかな一吹きもなく　そして神の羽子板　空転する古びた水車　あるいは気分にまかせて　まるで気分が変わるみたいに世界よりも老いた黒い鬼婆[16]の大きな鋏　チョキチョキ　チョキチョキ　一秒に二本の糸　二秒ごとに五本　私の糸はない

これで全部　もう何も私は聞かないだろう　もう何も見ないだろう　いやまだ古びたなけなしの言葉をおしまいにしなければ　ピムのとき第二部ほど古くないのがまだ少し要る　あんな言葉は終わり　あったことがない　しかし昔のこと　広大なとき　風という風に運ばれてきたような　この声　これらの声たち　しかしそよぎもしないもうちょっと最近の別の昔　喘ぎをやめること　やんでくれ　十秒十五秒　あちこちに昔の言葉　それらを次々足し合わせ　文を組み立てること

なけなしの昔のイメージ　いつも同じ　もう青はない　青は終わり　あったことがない　袋　腕　体　泥　闇　生きている髪と爪　これら全部

私の声　お望みならば　ついにもどってきた　もどってきた一つの声　ついに私の口の中　私の口　お望みなら　一つの声　ついに　闇　泥の中　これらの持続の観念はない

この息　それを止める　止められるといいが　一度二度　日ごと夜ごと　それで過ぎる時間　彼らの下で上で　彼らのために　そのまわりで　地球が回りすべてが回るが彼らは目標から目標へと走り回るので　この息がなければ　彼らの足音を聞いていると思うところ　それを止める　止められるといいが　十秒十五秒　聞こうとすること

この昔話で　四方八方からクワクワ　それから私の中　ぼろ屑　なけなしのぼろ屑を聞こうとする　毎日そのたび二つ三つ　日ごと夜ごと　次々足し合わせ　文を　別の文をつくり　最後の文　ピムの後はどうだった　いまはどんなふう　ここの何かがおかしい　第三部そして最後

この声　これらの声　どうやって知る　合唱だったことはなく　声は一つだけ　しかしクワクワ　つまり四方八方から　拡声器から　かもしれない　技術　しかし注意

注意　決して二度と同じではない　そうでなければ　広大な時間のなかのとき　もう
見ちがえるほど昔の　いやなにしろ　しばしば前より後がずっと鮮やか　ずっとたく
ましい　病気や不幸でもないかぎり　ときには何ごともなく　回復し　苦しみは和《やわ》ら
ぎ　前より後が

でなければエボナイトの上の録音またはそんなもの　エボナイトの上の世代を束ねた
一生　それを想像してみることはできる　妨げるものはない　自然の掟《おきて》をかきまわし
改めること　それで戯れること

または結局同じこと　そして私　わが過ち　注意の記憶の不足　私の頭の中で混じり
合う時間　以前の　その間の　以後のあらゆる時間　広大な時間

そしてあいかわらず同じこと　同じ物ごと　可能な　不可能な　またはそれしか見出
さない私　喘ぎがやむとき　それしか聞こえない　同じ物ごと　四つ五つ　少々の飾
り　彼方の生　ささいな場面

それがこれらのことを言うのは私に　私について　他の誰に　他の誰について　目を

凝らし　他人を見つめようとする　誰に誰のことを　誰に私のことを　誰のことを私に　またはさらに第三者か　目を凝らし第三者を見つめようとする　これら全部を混ぜこぜにする

クワクワ　私たちみんなの声　みんなとは誰　ここにいるものみんな　私以前に　そして未来に　孤独なものたち　この泥水の中　またはたがいにくっつきあうものたちあらゆるピム　出世した虐待者たち　過去の犠牲者たち　もしも過ぎ去るものならそれに未来は保証付き　大地が光を　これらすべてを台無しにしたよりもさらに

声から私が受けつぐもの　受けついだもの　わずかな残り　残りわずかを受けとるどんなふうだったかについて　ピムの前ピムといっしょピムの後　いまはどんなふうかにいたるまで　そのためにも声は言葉を見つけていた

もうそれをもたないときは　どんなことになるかについて　私の声をもつ前　あの巨大な穴　そしてついに私がそれをもつとき　この巨大な亀裂　どんなふうだろうかそれで私が自分の声をもつとき　そして私がもうその声をもたないとき　どんなふうだろうか　そのときは

それができないで　もうママン抱っこと言うしかないとき　この物音を聞くこと　唇音への渇きを癒すこと　そのときから　この瞬間とその続きのための言葉たち　広大なとき

顔の下側の無意味な動き　音なし　言葉なし　そんなものさえなし　さらにはもう骨折りも　それへの期待もなし　このときただひとつの希望は　他の何かをさがすことだけ　それでどんなふうか　そのための言葉は

声から　あれらすべて　あのごくわずかから　残ったわずかなもの　それを自分の名前にした　喘ぎがやみ　私はしばらく　あの昔のわずか　常に小さくなる　それが聞こえるようだ　昔のひとつの声から　私たちみんなのクワクワ　しまいに私たちは存在したことになって終わるのだから　ここの何かがおかしい

つまり地上よりもどれだけ快活かその程度によって　彼方の光の中の黄金時代からの落葉枯葉

新芽まで枝でふらふらしているのがある　黒い亡骸　緑の屑のあいだにひらひらしている　このまま二回の春　一回半か四分の三　夏を生きのびるのもある

ピムの前　旅　第一部　右足右腕　押しては引っぱり　十メートル十五メートル　停止　うたたね　鰯一匹またはそんなもの　泥の中の舌　なけなしのイメージ　音なしの言葉　転ばないこと　再出発　押しては引っぱり　これらすべて　第一部　ピムの前　とにかく前

別の話　闇の中に放っておくこと　いや同じ話　二つとない話　それでも闇の中に放っておく　他と同じように　もうちょっと余分に　なけなしの言葉　それでも　なけなしの古くさい言葉　他についても同じ　喘ぎをやめること　やめてくれ

少々の古くさい言葉を聞こうとする　あちこちで　それらをいっしょにくっつける　ひとつの文　いくつかの文　いったいそれがどんなふうでありえたか見てみること　ピムの前ではない　第一部はできあがり　その前はやはり広大なとき

二人　だから二人だった　手が私の尻に乗っかり　ベム　ペム　誰かがそこに来てい

た　一音節　最後にム　あとはどうでもいい　ベムがきていて　私にくっついていた後でピムに出会った　私　私のほうはピムにくっつきに来ていた　同じこと　ただし私ピム　ベム私　ベムが左で私は右　南側

ベムが私にくっついてきた　私が放っておかれ横になっているところに　私に名前を彼の名前をつけること　私に一生を与えること　彼方の生について私に語らせること私が彼方で光の中で　墜落する前に生きたかもしれない生　言われたことのすべて第二部　第一部の前の他の第二部　ただし私ピム　ベム私　ベムは左で　私は右　南側　そう聞こえる　それをつぶやく　泥にむけて

だからいっしょに共同生活　私ベム　彼ベム　私たちベム　広大なとき　その日まで何日か聞いて　それを繰り返し　それをつぶやき　恥と思わないこと　まるで地球太陽があり　薄暗くなったり　もっと暗くなったりする瞬間があるかのように　ここで笑う

暗い明るい　これらの語　それらがやってくるたびに　夜　昼　影　光　この同類笑いたくなる　そのたびに　いやときには　十回に三回　十五回に四回　この比率

ときに試してみる　同じ比率になる　ときに同じ比率

明るい暗い　この同類　百回のうち三四回やってくるまっとうな笑い　一瞬揺さぶり
一瞬甦らせ　ついで前より死んだまま見棄てておく

その日まで　だから　そうつぶやく　恥は知らず　笑わず　そこに驚いたことに何か
そこに　泥　闇の中にベムが一人　彼にとってこの部分は終わり　私にとっても　や
はり驚いたことに　何かそこに場違いな　私から遠ざかっていく何かがあり　右足右
腕　押しては引っぱり　十メートル十五メートル　ピムのほうへ　長々続く旅

忘れるための時間　すべて失う　何もわからない　どこからきたのか　どこに行くの
か　停止は頻繁になり　うたた寝　鰯一尾　泥の中の舌　あれほど親しく必要とされ
た言葉をまた失い　なけなしのイメージ　空　故郷《ホーム》　ささやかな場面　類の外に半ば
脱落　顔の下側の瞬時の動き　音はなし　ベムという立派な名前の紛失　ピムの前の
第一部　広大なときはどんなふうだったたか　できあがり

それはやってきた　言われた　つぶやかれた　泥の中　どんなふうだったたか　ピムの

前ではない　第一部はできあがり　その前　やはり広大なとき　実に麗《うるわ》しい　ただしこんなふうではなく　おかしい　ここの何かがおかしい

袋　それは袋　ピムは袋を持たずに出発した　彼は私にそれを預けた　だから私は自分の袋をベムに預けた　私は自分の袋をボムに預けるだろう　私は袋を持たずにボムと別れるだろう　袋をもたずにベムと別れた　ピムのほうに行くためだ　それは袋

ベム　だから私はピムのほうに行く前はベムといっしょだった　だから袋を持たずにベムと別れたが　しかしピムのほうに行きながら私がもっていたあの袋　第一部　私のもっていたあの袋

だから私がベムと別れるときもっていなかったあの袋　そしてピムのほうに行くときはもっていたあの袋　私は誰かと別れ誰かのもとに行きつつあることを知らなかったが　だから私の持っていたあの袋は　だから私が見つけたものだった　私にまだ理性は残っている　あの袋　あれをもたずに旅はない

袋一つ　それが必要　食糧　旅をするときは　そのことを私たちは理解した　理解し

たはずだ　第一部　不可欠なんだ　決まってる　そうに決まっている

だから袋を持たずに出発しながら　私は袋を持っていた　だから道中でそれを見つけたわけだ　これで困難は解消　私たちは自分の袋を　それを必要としない連中に委ねる　それを必要とするはずの連中から袋を奪う　私たちは袋を持たずに出発し　一つ見つけ　旅を続けられる

袋一つ　もしここで死んだら　死人のものと言われよう　つまり最期のときにそれを放り出して泥の中に消えた　しかし　なにしろ　いや手に触れたのはただの袋でしかない　五十キロ入る小さな黄麻の石炭袋　中にある食糧で湿っていた

だからただの袋一つ　それだけ　食糧なしに出かけたらすぐに　それを見つけることも考えず　それを持っていたことも記憶せず　それが必要なことも思わず　旅に出るとすぐに　闇　泥の中　その旅はそれなしには長続きしないはずが　長々続く　広大なとき　そして到着前にも　あまり食べていないので減っていない　第一部で見たとおり　ピムの前はどんなふうだったか

だからここには　果てしない群れより多くの袋　もし私たちが果てしなく旅をするなら　そしてなんという果てなき損失　もうけはなし　解消された難問とはこんなものここの何かがおかしい

私がベムと別れるとき　もう一人はピムと別れる　もし私たちがいまこのとき十万人なら　五万人が出発し　五万人が棄てられ　太陽も地球もなく　何も回転するものはなく　同じ瞬間に　常に　いたるところに

私がピムと出会うとき　もう一人はベムと出会う　こうして私たちは片づく　私たちの正義がそれを望む　こうしてまたも五万の二人組　同じ瞬間に　いたるところに同じまま　同じ空間に分割されて　これは数学的　これがこの汚辱の中の私たちの正義　ここですべては同じ　道　進み具合も　右足右腕　押しては引っぱり

ピムといっしょの私と同じくらい長続き　もう一人とベム　十万人が二人ずつ横たわり　くっつきあい　広大なとき　動くものはない　虐待者の側をのぞけば　番が回ってきたものたち　ときどき　右腕が脇の下をひっかいて歌わせ　文字を刻み　缶切りでえぐり　腰を突く　必要なことは全部

ピムが私を棄ててもう一人に走るとき　ベムはもう一人を棄てて私のほうにやってくる　私は自分の観点に立って見る　つまり蛆虫の爬行《はこう》　または尻尾のついた便所虫分裂生殖の熱狂　何と快活な日々

私といっしょに作っている二人組とは別に　ピムがもう一人と落ちあって再び彼といっしょにただ一つの二人組を作ろうとするとき　ベムは私と落ちあって私とただ一つの二人組を作ろうとする　彼がもう一人と作っていた二人組とは別に

ここで閃く　ベムはそれゆえにボム　あるいはボムはベム　そしてクワクワという声私の生はそれに由来するのだが　私の中のこれらの生のぼろ屑　喘ぎがやむとき　三つのもののうち一つ

私の見解では声がベムと言っていたところ　第一部の旅の前はどんなふうだったか語りながら　そしてボム　放置した後の第三部そして最後でどうなるか語りながら　それが現実に言っていたことは

現実にはどっちの場合も言っていた　ただベムだけ　もしくはただボムだけと

あるいは現実に言っていた　ベムかもしれない　ボムかもしれない　うわの空　または注意散漫のせいで　変わりないと思いながら　私はそれに人格を与える　それはみずからに人格を与える

あるいは結局わざと　一方から他方に揺れていた　旅の前はどんなふうだったか　または放置した後はどうなったか　どっちを語るかによって　ところがベムとボムは同一人物でしかなかったかもしれないのに　それがわからずにいた

確かに声が到着を告知していたあの人物が　新たな姿かたちで現れるのを私たちは願っていたのに　右足右腕　押しては引っぱり　十メートル十五メートル

それは必然的にもう一人　昔の相手　彼のことを声は私に語っていた　私はそいつを耐え忍び　それから別れてピムのもとに走った　ピムは私を耐え忍び　そして棄てとっておきのもう一人に走った

ここのすべて　それを知らずにいたわけではなく　それを知らずに　われらの正義というもの　立ち去るにしても決して別れることはなく　行くにしても決してどこに行くこともない

そんなこととは知らず　それぞれがいつも同じ相手を棄てること　同じ相手のもとに走り　いつも同じ相手を失い　彼を棄てるもののほうに走り　彼のほうに来るものを棄てるということ　われらの正義

何百万に何百万　私たちは何百万で　私たちは三人　私は自分の観点に立ち　ベムはボム　ボムはベム　言うならばボムのほうがまし　ボムゆえに私とピム　私は真ん中に

こうして私の内側　私はあいかわらず引用する　喘ぎがやむとき　あの昔の声のぼろ屑　その声のそのまちがい　その確かさ　私たちについて　私たちは数百万で　そのうちの三人　私たちの二人組　旅　そして放置　私一人に関して　私はあいかわらず私の想像の旅　私の中の想像上の仲間を引用する　喘ぎがやむとき　それは外だった四方八方からのクワクワ　ぼろ屑　私はそれらをつぶやく

一つの声　もし私がそれをもっていたなら　私の声だと信じることができたのに　それが聞こえるときには　いつも引用するのに　私のほうに走ろうとしてボムが棄てたもの　そいつのところに走ろうとしてピムが私を棄てた　そいつもそれを聞く　そして私たちが百万人なら他に四九九九九七人が棄てられた

同じ声　同じこと　固有名がちがうだけ　そしてやはり二つで十分で　それぞれが名なしで自分のボムを待ち　名なしのまま　自分のピムのもとに走る

ボムは棄てられたものに　私がボムに　おまえがボムに　私たちがボムにではなく私がボムに　おまえがボムに　私は棄てられたものに　私がピムに　おまえがピムに私たちがピムにではなく　私がボムに　おまえがピムに　ここの何かがまったくおかしい

こんなふうに永遠に　私はあいかわらず引用する　ここで何かがぬけおちた　こんなふうに永遠に　ボムでもあればピムでもあり　左にいるか右にいるか　北か南か　虐待者か犠牲者かによって決まる　こんな言葉は酷《むご》すぎる　いつも同じ犠牲者の虐待者

いつも同じ　そしてときには棄てられた旅人一人　ただ一人で名前もなく　これらの言葉は酷すぎる　ほとんど全部が少し強すぎ　私は聞こえるとおりにそう言う

あるいはただ一つ　ただ一つの名前　ピムという立派な名前　そして私にはよく聞こえない　または発声がまずい　そして私がビムと聞くところで　または声が私の中でボムと言うところで　喘ぎがやむとき　ぼろ屑ボムは外にいた　四方八方からクワクワ

私が聞くところ　または声が実際に言うところ　ピムのほうに行く第一部の前　私はボムといっしょにいたと　第二部でピムが私といっしょだったみたいに

あるいは言う　いまこのとき第三部　右足右腕　押しては引っぱり　ボムは私のほうへ　ピムにむかった私のように　これは第一部のこと

聞いてやらなければならないのはピム　ピムと言わねばならなかった　私はピムといっしょだと　ピムのほうに行く前に　第一部のこと　そしていまこのとき第三部でピムは私のほうに　第一部でピムのほうに行った私のように　右足右腕　押しては引っ

ぱり　十メートル十五メートル

したがって百万　もし私たちが百万人なら　百万のピムが　あるときは不動　二人ずつくっつきあって　責苦が必要で　それがやりすぎで　五十万の小さなかたまり　泥の色で　あるときは　千の千倍の孤独者たち　名前もなく　半分は棄てられ　半分は棄てるほう

そして三　もし私たちが三人なら　そのとき私の中で　喘ぎがやむとき　この声　外にあった四方八方からのクワクワ　百万人について三人について語るその声を私が聞くとき　もし私が一つの声をもつならば　私は引用する　心も少し頭も少し　それを自分の声とみなすことができようし　棄てられて一人　私一人がそれを聞いている

ただ一人　数百万人の　三人のつぶやき　私たちの旅のこと　二人組と放置　そして自分に与えては改める名前

これらすべてのぼろ屑　一人それらを聞き　一人それらをつぶやき　泥の中　泥にむけて　私の二人の道連れ　私たちは道中の姿を見た　私のほうにやってくるもの　離

れていくもの　ここの何かがおかしい　要するにそれぞれが自分の第一部に
または第五部　または第九部　または第十三部に　以下同様

正しい

ところが私たちは　その声は第三部または第七部または第十一部または第十五部等々
に属しているとみなしていた　第二部または第四部または第六部または第八部等々の
二人組と同じように

正しい

ただしここに提案された順序のほうが望ましいとして　つまりまず旅　それから二人
組　最後に放置という順序のこと　放置から始めて二人組を経由し旅にいたるのでは
なく　あるいは二人組から始めてとどのつまりは

二人組に

放置を経由しながら

または旅を経由して

正しい

ここの何かがおかしい

それにもし反対に　私が一人ならそのときはもう問題ない　真剣に想像力に訴えなくても　どうやら避けがたい解決

したがって例えば私たちの道程は閉じた曲線で　もし私たちの番号が一から百万なら百万番は　彼の虐待者九九九九九九番と別れて　荒野の中で存在しない犠牲者のほうに身を委ねるかわりに　一番のほうにむかう

そして一番は彼の犠牲者二番に見棄てられても　いつまでも虐待者を欠いたままでい

ることはない　なにしろその虐待者は　すでに見たとおり例の百万番であり　彼は勇んでやってくる　右足右腕　押しては引っぱり　十メートル十五メートル

そして三　もし私たち三人しかいないなら　したがって一番から三番までしかいないなら　むしろ四　このほうがまし　わかりやすい　私たち四人しかいないなら　したがって　一番から四番までしかいないなら

そのときは一番太い綱の両端に二つの居場所aとbがある　四つの二人組のため　四人の放置されたもの

半分の軌道を行く二つの道があるだけ　それぞれは何と言うか　abそしてba　旅人のため

たとえば私の番号は一　これはあたりまえで　あるとき私は自分を認め再認し　太い綱の端のaに放置され　どうやらみんな右回りに回っている

そこで再び同じ位置ほとんど同じ状態に自分を見出す前に　私は順番に

ａにおいて四番の犠牲者であり　ａｂを旅し　ｂにおいて二番の虐待者で　再び棄てられるが　こんどはｂにおいて再び四番の犠牲者となり　ｂから再び旅に出て　しかしこんどはｂａを通って　ａで再び二番の虐待者となり　最後に再びａに放置され
やがて再開する

正しい

私たちのそれぞれにとって　それゆえ　もし初めの状況が復元される前に私たちが四人ならば　二回の放置　二回の旅　四回の結合があり　そのうち左の二人は同じ人物の虐待者役で　その人物は私にとって二番　右の二人は同じ人物の犠牲者の役で　この人物は私にとって四番

三番のことなら　私はつゆ知らず　結局彼も私を知らず　同じく二番と四番も互いを知らない

私たちのそれぞれにとって　それゆえ　もし私たちが四人なら　そのうち一人は見知

らぬ人物　または噂を知っているだけ　これもありうること

私は犠牲者として虐待者として　それぞれ四番と二番とつきあい　二番は虐待者として四番は犠牲者として三番とつきあう

だから原則として可能なのは　まず私の犠牲者を通じて三番に　三番は私の犠牲者の犠牲者なのだが　他方で私の虐待者を通じて　三番は私の虐待者の虐待者で　したがって私は繰り返し　引用するが　出会う機会がまったくなかったとしても　三番は私のことをまったく知らないわけではない

同じく　もし私たちが百万人だとして　各人が個人的に知っているのは自分の虐待者と犠牲者だけ　つまりじかに彼を追うもの　そしてじかに彼に先立つものがいるだけだ

そして個人的には　彼らに知られているだけだ

しかし各人は　原則として確かに噂によって他の九九九九九七人を知ることができる

彼の循環の位置においては決して出会う機会がないのだが

そして噂によって彼らに知られることもある

連続する二十の番号を考えてみよう

どれだって　どれだって　なんでもいい

八一四三二六から八一四三四五

八一四三二七は話すことができるが　話すとは適切ではない　第二部で見たとおり虐待者たちは唖《おし》で　八一四三二六について八一四三二八に　後者は八一四三二九に前者のことを話すかも　こいつがまた八一四三三〇にそれを話すかも　以下同様に八一四三四五まで　こいつがそうして八一四三二六のことを噂で知るかも

同じように八一四三二六は噂で八一四三四五を知るかも　八一四三四四は八一四三四三に話した後で　後者は八一四三四二に　そしてこいつが八一四三四一に　以下同様

八一四三二六まで　こうして八一四三四五のことを噂で知るかも
両方向に果てしなく伝達可能な風聞

左から右に　虐待者から犠牲者への内緒話によって　後者は自分の犠牲者にそれを繰り返す
右から左に　犠牲者から虐待者への内緒話によって　後者は自分の虐待者にそれを繰り返す

これらすべての言葉　私はそれを繰り返す　あいかわらず引用する　犠牲者　虐待者　内緒話　繰り返す　引用する　私と他人たち　これらすべての酷すぎる言葉　私はあいかわらず聞こえるとおりに言う　あいかわらずつぶやく　泥にむかって　一人　果てなし　私たちにふさわしく

しかし問い　何のため

なにしろもし八一四三三六が八一四三三五に八一四三三七のことを　八一四三三七に八一四三三五のことを説明するなら　結局彼は自分のことを説明しているにすぎない　二人の相手が前から彼を知っているとおりに

それなら　何のため

そのうえ　どうやらそんなことはありえない

なにしろ八一四三三六番　私たちは彼が八一四三三七のところに着いたとき見たのだ　ずっと前から彼はもう八一四三三五のことを何も知らない　まるで存在しなかったみたいに　そして八一四三三五が彼のもとに着いたとき　私たちは彼を見た　それもやはりずっと前のことで　彼はもう八一四三三七のことなんか何も知らない　広大なとき

したがって私たちはここで虐待者を彼に責められている間知っているだけ　犠牲者のことは犠牲にして楽しむ間だけ知っているばかり　そしてさらに

そして永遠にこの巨大な行列を端から端まで再構成し続けるこれらの同じ二人組　そしていつも百万番目は想像できるが　想像しがたい一番目と同じこと　二人の異邦人が責苦を求めて結束する

そして百万番目にとって予想不可能な尻に宙を泳ぐ手が忍び寄るとき　手にとっては最初の尻　尻にとっては最初の手

ここの何かがおかしい

実にこれらすべて　喘ぎがやんで　私はそれを聞きとどけ　それを泥につぶやき　まったくこれらはすべて真実

だから伝聞による知識などない　そしてじかに体験して獲得されるいわば私的な知識なら　各人が虐待者から　また犠牲者から手に入れるのがある　そのことなら

ピムと私が第二部で作った二人組を思うとき　やがて私たちが第六部第十部第十四部でやりなおすとき　そのたびに考えもつかない先駆者がいる　それを思うとき

そのとき私たちのおのおのは自分にとって何であったか　そして互いにとって何であったか

いっしょにくっついて一体になり　闇　泥の中

それぞれの瞬間に休止して　もう自分にとっても他人にとってもそこに存在しなかったことも　広大な時間

そしてあいかわらず　いっしょにひとときをすごしにもどってきたとき　それを思うとき

苦しみ　残酷　あんまりわずか　束の間

一つの生の　一つの声の　どちらももたないものの　ささいな欲求

強奪された声　いくつかの語　生　それが叫びをあげるから　それが証拠　もっと深

くえぐるだけでいい　小さな叫び　みんな死んだわけじゃない　私たちは飲むし　何か飲むものを与える　お休み

それは　引用するが　楽しいとき　どこか　楽しいときだった　思ってみれば

ピムと私　第二部　そしてボムと私　第四部　どうなることやら

そのあとで　その瞬間にも私たちが知りあいだったなんて

いっしょにくっついて一体になり　闇　泥の中

右腕以外は不動　それがときどき一瞬だけ動き出す　必要なだけ

そのあとで　私はピムを知り　ピムは私を知った　そしてボムと私　私たちは束の間であるが知りあうだろうなんて

そうとも言える　そうじゃないとも言える　何を聞くかによる

そうじゃない　まだ私はここで後悔している　誰も誰のことも知らない　個人的にも
他の関係でも　出てくる答は否　私はそうつぶやく

そしてさらに否　ここで私はやはり口惜しく思う　ここでは誰も自分のことを知らな
い　ここは誰も知ることなんかない場所　たぶんそれがいいところ

空回りしながら　それゆえ私たちは四人　または百万人か　私たちは自分のことを知
らない四人　互いのことも自分のことも知らない百万人なのか　しかしここで私はま
だ引用している　私たちは空回りしてはいない

これは彼方　光の中のこと　そこで彼らの空間は限られ　ここでは直線　東への一直
線　私たちが四人であろうと百万人であろうと　東への直線　珍しいこと　死の国は
ふつう西にあるのに

だから四でも百万でもない

千万でも二百万でもない　いかなる有限数でもない　偶数でもない奇数でもない　いかに多数になろうと　私たちの正義によって　つまり私たちが二千万であろうと　誰も　ただ一人も不当な扱いを受けることは望ましくない

一番のように虐待者を相手にしないものは一人もいない　二千万番のように犠牲者を相手にしないものも一人もいない　後者が行列の先頭にいると仮定すればいい　この行列は私たちの見たとおり左から右に　またはお望みならば　西から東に移動する

そして決して人の眼差しに見られてはならない

誰の

袋を提供するものの

可能

彼の眼差しに　まず私たちの間のただ一人の見世物　誰も彼のもとにやってこない

また別のただ一人の見世物　彼は誰のもとにもいかない　これは不正とも言えよう
それは彼方　光の中のこと

はっきりさせよう　私は引用する　私は一人でもう問題はない　あるいは私たちの数
は無限で　やはりもう問題はない

表象可能かという問題は別にして　それは実現可能なはずだ　直線の行列　末尾も先
頭もなく　闇　泥の中　変化する無限としてそれが含むすべてとともに

とにかくどうしようもない　私たちは正義に導かれるのみ　反対は聞いたことがない

それとともに　極端にゆるやかな行列　いまは腸の中の糞のように跳ねたり震えたり
する行列について語っている　祝祭の日々に　しまいには一人ずつ　または二人また
二人と排泄されるのではないかと自問するまで　大気に　陽光の中に　恩寵にほかな
らぬ節制に

ゆるやかさについては　気まぐれでも数字だけが漠とした観念を与えてくれる

そうとして私は旅に明け暮れる二十年を引用する　そして他方では　前にそれを聞いていたのでわかっている　四つの段階を通じて　私たちは二種類の孤独と二種類の伴侶を体験しそれらを通じて　虐待者　棄てられたもの　犠牲者　旅人というふうに体験し　それを繰り返すのだが　全段階はこのように定められ　それぞれの持続時間は等しい

他方ではいつも同じ計らいによってわかってもいる　旅はいくつもの行程から成り一行程は平均して十メートル十五メートルくらい　いわば毎月一つの行程を進むことになる　この語　これらの語　月とか年とか　私はつぶやいている

二十の四倍は八十　十二・五の十二倍は百五十　その二十倍は三千　それを八十で割ると三十七・五　一段階で三十七から三十八メートルを私らは進む[17]

正しい

左から右へ私たちは進み　各人は進み　みんなが西から東に　悪い年も良い年も進む

闇　泥の中　責苦　孤独　三十七から三十八メートルの速さで　いわば一段階に四十メートル

これが数字の示す私らのゆるやかさ　漠とした観念　それを認めるだけでいい　そして一方で旅の持続時間にあたる数字　他方には各行程の長さと頻度を示す数字が定まるはずだ　私たちのゆるやかさについてあの漠とした観念をもつために

私たちのゆるやかさ　私たちの行列のゆるやかさ　左から東への　闇　泥の中

不連続だらけのいくつもの旅のイメージ　それはいくつもの行程　停止からなる合計旅はこれらの行程の合計だ

私たちが側対歩で這って進むとき　右足右腕　押しては引っぱり　うつ伏せで　声なしの呪い　左足左腕　押しては引っぱり　腹這い　声なしの呪い　十メートル十五メートル　停止

これらすべて　外の四方八方からのクワクワだった　私の中で喘ぎがやむとき　これ

らすべて　これらすべて　もっと低く　もっと弱くなり　しかしまだ聴取可能　もっとあいまい　しかし意味がある　私の中で喘ぎがやむとき

そしてほんとうは　ここですべては不連続　旅　イメージ　責苦　孤独さえも　第三部　ここで一つの声が語り　ついで黙り　なけなしのぼろ屑　そしてもう何もなく闇　泥だけ　すべて不連続　闇　泥だけ

この声のイメージそのものに十の単語十五の単語　長い沈黙　十の単語十五の単語長い沈黙　長い孤独　まず　外で　四方八方からクワクワ　広大なとき　ついで私の中で喘ぎがやむとき　ぼろ屑

その声から私はすべてを受けとる　ピムの前はどうだったか　またその前は　ピムといっしょ　ピムの後　どんなふう　そのための言葉　それにどんなふうだろう　そのための言葉　要するに　わが人生　広大な時間のひろがり

私はあいかわらず私の言うことを聞き　それを泥の中でつぶやく　そしてあいかわらず存在する

闇　泥の中で私の続けた旅　まっしぐらに　首に袋をかけて　決してすっかり人間をやめることはなく　そしてこの旅をまた続けた

そして他のこと　そんなことはしなかった　そして再び　再びそれをした

それにピムは　私が彼を見つけ　苦しませ　喋らせ　そして失ったわけで　これらすべてはそれが続くかぎりは　みんな私のことだった　喘ぎがやむとき

そして私たちは三人四人百万人なので　それで私はいつもここにいるし　ピムボム他の誰か　他の九九九九九七人といっしょにここにいたし　一人旅をし　一人で腐り虐待し虐待され　おお　控えめに　うわのそらで　少々の出血　ちょっとの叫び　ちょっとの言葉　光の中の彼方の生　少々の青　ささいな場面　渇きのため　平穏のため

そして私たちは四人だけ百万人だけということはありえないので　私はここにいていつもピムボムや数えきれない他人たちといっしょだった　始めも終わりもない行列

の中で　なげやりに　左から右にまっすぐ東にむけて移動する　奇妙だ　闇　泥の中　虐待者と犠牲者にはさまれて　そしてなんと　こんな言葉はまだきつすぎる　たいていは強すぎ

または一人で　もう問題はない　ピムもボムもいなかった　旅はなかった　闇　泥だけ　たぶん袋　それも常にあり　そして自分が何を言っているかわからないこの声　あるいは私によく聞こえない声　もしそんな声を一つ　少しの頭　少しの心を私がもっていたなら　私は自分の声を信じられるかも　まず外で　四方八方からクワクワ　そして私の中　喘ぎがやむとき　いまはかすか　かろうじて一息

これらすべて　これらすべて　それが続くかぎりは　これらあらゆる種類の生　喘ぎがやむとき　これらすべてが私のことだった　聞こえることによれば　こんなことすべてに出くわし　やってのけ　苦しみ　それは現在のことも あれば未来のことでもある　もちろん　聞きつけるだけでいい　喘ぎがやむとき　十秒十五秒　あらゆる種類の生　ぼろ屑　それらを泥につぶやくこと

そしていまついに　喘ぎはますます激しくなり獣めいているから　もっと空気をほし

がって　それをまたやめること　それがまたやむように　こんな喘ぎ　こんな声　またそれを聞くこと　それは外で四方八方からのクワクワだった　私の中にはなけなしのぼろ屑　あいかわらず　喘ぎがやむとき　もうすぐたぶん不可能になるから

いまこのとき　私はあいかわらず引用する　ここのこのときから　その続きも　私はこの声　ぼろ屑でしかないから　結局　もう何ものでもないが　このほんのわずかのため　やめることはない　第三部そして最後の終わり　もうほとんど終わったにちがいない

そのとおり　闇　泥の中の喘ぎ　それが行き着くのはこれ　旅　二人組　棄てることすべてはそのなかで語られる　出会っては見失ったかもしれない虐待者　したかもしれない旅　出会っては見失ったかもしれない犠牲者　いろんなイメージ　袋　彼方のささいな物語　ささいな場面　少々の青　うんざりする故郷《ホーム》

クワクワという声は四方八方から　そして内側　小さな丸天井の下　空っぽの小さい地下室　出口はない　八面は白骨の白　もし明かりが　小さな灯でもあれば　すべて白　十の単語　十五の単語　宙を漂うみたいに　喘ぎがやむとき　続いて嵐　息　命

のしるし　第三部と最後　もうほとんど終わっているにちがいない
生きているのに　生きたのに　大旅行を続け　失った逃げた自分の同類を道連れに
喘ぎがやむとき　それが行き着くのはこれ　闇　泥の中の喘ぎ　笑っているみたいだが　笑いじゃない

または始まる場所　そこで人が生きるであろう生　相手になる虐待者　するであろう旅　相手になる犠牲者　二つ三つの生　人が生きた生　生きている生　生きるであろう生
この最後の生は想像にあまる　そこで旅人として始めるかわりに　私は犠牲者として始め　虐待者として続けるかわりに旅人として続け　そして棄てられて終わるかわりに
棄てられて終わるかわりに　私は虐待者として終わる
これでは肝心なことが欠けている　と人は言うかもしれない

この孤独ここでは声がそれを語る　それを生きるための唯一の手段

あれがこれを　声が生を私に伝えてくれないかぎり　旅というこの別の孤独のときつまり第一の過去の　第二の過去の　そして現在のかわりに　ある過去　ある現在ある未来　ここの何かがおかしい

歴史と預言とその日のニュースのさわやかな交替　そこで私は次々教わる　これで何とかもちこたえている　わが人生はどんなふうだった　あいかわらずわが人生についてのお喋り

ピムの前はどうだった　ピムといっしょでどうだった　いま書いていることはどんなふう

ボムといっしょでどうだった　いまどんなふう　ピムといっしょでどうなるのか

どんなふう　ボムといっしょでどうなるのか　ピムの前にどうなるのか

いつもピムといっしょのわが人生　いまはどんなふう　ボムといっしょでどうなるのか

行きずりの印象　私は引用する　三部で　または三つの挿話で一つのことを伝えようとして　よく眺めてみれば四つあり　全部そろっていない恐れがある

ついに完結するこの第三部に　普通ならもう一つ第四部がいるかもしれない　そこでほとんどまたは全然見えない別の何千ものことの間に　いま書いていることの中にそのことが見えてくるかもしれない

缶切りをピムの尻にめり込ませている私自身にかかわって　ボムが私の尻にそれをめりこませているところ

そしてピムの叫び　彼の歌　そして彼から強奪された声のかわりに聞こえるのは　それと似て区別がつかないほど　私の叫び　歌と声

しかし私たちは決して活動中のボムの姿を見ることはないだろう　闇　泥の中で喘ぎ私は苦しみ続けるだろう　声はそんなふうにできている　私は引用する　私たちの生全体について声は四分の三しか語らないと

一番二番三番かもしれない　四番一番二番かもしれない

三番四番一番かもしれない　二番三番四番かもしれない

ここの何かがおかしい

そんなふうにできているので声には　二人組の話がたとえ二重の面をもっていても同じ報告のなかに二度現れるのが不快である　私を旅人として始めさせるかわりに　これはいま書いているとおり　あるいは棄てられたものとして始めさせるかわりに　これを書くことも同じく可能なのだが　虐待者として　または犠牲者として始めさせる場合には

だからさっき言われたことを訂正しなければならない　声が自分の立場で言いながら

なしとげること　私たちの生の四分の三は声の領分であるが　そのうち二つだけが報告の対象になると言いながら

四分の三　その第一はいま書いている旅であり　四分の三　その第一はこれもどうにか書ける遺棄の話

不快なことは容易に理解できる　次のことをよく考えてみれば　二つの孤独　旅の孤独と棄てられる孤独ははっきり異なり　結果として別々に処理されるほうがいい　そして二つの二人組のうち私が北で虐待者として登場する組と南で犠牲者として登場する組はまったく同じ見世物になる

第二部ピムの側ですでに虐待者となった私は　第四部は知らずにすませたい　そこではボムの側で犠牲者として生きるわけだ　この話は報告されるだけでいい　ボムがやってくる　右足右腕　押しては引っぱり十メートル十五メートル

あるいは感動や情念　突然それに好奇心をだくがやっぱりどうでもいい　私は引用する　誰が苦しむか　軽やかな浮遊　そこで軽やかな戦慄

どうでもいい　誰が苦しむか　誰が苦しませるのか　誰が叫ぶか　誰が平和に　泥闇の中に放置されるか　しどろもどろ　十秒十五秒の太陽　雲　大地　海　青い染み明るい夜　そして立ち上がった　またはまだ立っていられる生き物の　あいもかわらぬ想像は尽き　穴をさがし　もうこの夢幻のなかでもう見られないように　それがこの存在の小便の滴を呑み　息絶え絶えで　それを呑ませる　順々に誰かの番が回ってくるから　私たちの正義の望むとおりに　終わりはないから　それも望みどおり　みんな死んだ　いや誰も

だから二つの記録がありうる　いま書いているもの　そしてついにこれが終わるとき始まる別のもの　結果としてそれは闇　泥の中の旅で終わるかも　旅人　右足右腕押しては引っぱり　たどり着くのはどこでもない　誰でもないところ　そんなところにむかって彼はずっと前から旅をし　ずっと旅を続けるだろう　袋を引きずり　そのなかの食い物は減っていくが　食欲の衰えのほうが早い

それゆえいまの伝聞から認識は後ろ向きに得られよう　ひとたび左から右への移動をたどったあとでは右から左に遡る　何もそれに反対するものはない

ただし想像の努力によって　真ん中に留まる二人組の件は　都合にあわせて修正されるものとする

ここの何かがおかしい

これらすべて　それは外でのことだった　喘ぎがやむとき　私の中のぼろ屑　十秒十五秒　これらすべてはもっとかすか　もっと弱く　もっとあいまい　しかし私の中での感覚　それが静まるとき　息　息のこと　命のあかし　それが静まるとき　光の中の最後の一息のように　それから再開　百十　百十五　ぴったり　それが静まるとき　十秒十五秒

私に聞こえるのはそのとき　わが命　ここに一つの命　どこかで私はそれを手に入れたらしい　まだ私のもの　まだ私のものだろう　ぼろ屑を束ね　広大なとき　昔の話　老いた私の命　ピムが私を棄てるたび　ボムが私を見出すまで　それはここにある　言葉　クワクワ　そして私の中　喘ぎがやむとき　ぼろ屑　ごくかすか　この老いた

命　同じ言葉　同じぼろ屑　何百万回も　そのたびに初回　ピムの前はどうだったその前は　またピムといっしょ　ピムの後　ボムの前　どんなふうか　どうなるかこれらすべて　言葉　これらすべてのため　私の中　私はそれらを聞く　それらをつぶやく

わが人生　十秒十五秒　そのとき私はそれを自分のものにし　それをつぶやき　そのほうがまし　ずっと論理的　顔の下側の瞬時の動き　泥の中のつぶやきといっしょ

折あしくやってきて　よく聞こえない昔の声で　つぶやきそこない　少々の有害なぼろ屑　それを聞くクラムのため　クリムは記録係　あるいはクラムだけ　一人で十分クラムだけが証人　そして代書人　彼の明かりが私を照らす　私といっしょのクラムは私のほうにかがみこむ　年齢制限まで　そして彼の息子　彼の孫　以下続く

旅するときの私とともに　ピムといっしょの私とともに　棄てられた私とともに　第三部そして最後　ボムといっしょの私とともに　時代から時代へ　それらの明かり私を照らす明かり

すべて記録してある彼らの手帖　記録することはわずか　私の仕業《しわざ》　私のふるまい私のつぶやき　十秒十五秒　第三部と最後　いま書いていること

わが人生　一つの声　外で四方八方からクワクワ　言葉　ぼろ屑　それから無　それから他のもの　他の言葉　他のぼろ屑　同じ言いそこない　聞きそこない　それから無　広大なとき　そして私の中　洞窟の中　骨の白さ　ぼろ屑　十秒十五秒　聞きそこない　つぶやきそこない　聞きそこない　書きまちがい　私の全人生　口ごもり六回削《そ》がれた

喘ぎがやみ　それを聞きつける　わが人生　私のもの　それをつぶやく　そのほうがまし　ずっと論理的　それを筆記できるクラムにとっては　そしてもし私たちが無数で　無数のクラムなら　それが望みなら　またはただ一人　私のもの　私に属するクラムなら　ここはそれで十分　ここは正義が支配する　たった一つの生　全生涯　二つの生はない　私たちの正義　クラムは私たちの一員ではない　私にも理性が残っている　彼の息子は息子を生み　光を去る　クラムそこにまた登場　彼の日々を終えるあるいはクラムはなし　それもまた　喘ぎがやむとき　一つの耳　どこか彼方　そこ

まで昇っていくつぶやき　そしてもし私たちが無数で　無数のつぶやきならば　すべては同じ　私たちの正義　ただ一つの生　いたるところ　言いそこない　聞きそこない　四方八方からクワクワ　それから内部　喘ぎがやむとき　十秒十五秒　小さな箱の中　骨の真っ白　もし明かりがあれば　ぼろぼろに古びた言葉　聞きそこない　つぶやきそこない　このつぶやき　これらのつぶやき

私たちの無数の口から泥の中に落ち　それらが昇っていくところには　一つの耳一つの精神があり　私たちへの配慮を記録する可能性を　好奇心を記録する欲望を理解するだろう　昔のでたらめの他のぼろ屑のこのぼろ屑を　たとえ聞きそこねても一つの耳を理解すること

遠い昔の　不滅のもの　私たちのように　耳　一つの耳のことを喋っている　光の中の彼方　その場合私たちにとって　大いなる歓喜の日々　あの不変の唱句に飽くことなく耳を傾けながら　私たちにとってある日ある変化のかすかなしるし　そのうえ栄誉の中の終わりのしるし　またも正義

あるいはその耳にとって　私たちにとってそうであるように　毎度が初回で　この場

合問題はない

または黒歌鳥にふさわしい繊細な種　長い夜がついに光に負けるとき　そして少し後で終わりなき光が夜に負けるとき　しかし私たち　この生　どんなふうだった　どんなふうか　まったく確実なのはこれにはふさわしくないこと　どうなるのか　二回目次は　こんなはずがない　そしてその場合も　椿事《ちんじ》など予想すべくもない

これらすべて　他の物ごとのあいだ　言いちがい　聞きちがいばかりの他のこと　ただ白の上に白が残されるように　与えそこね　受けそこね　見つけそこね　届けそこねた言葉の数えきれない痕跡　それに誰の耳　この場合　私たちへの配慮を理解する能力がいる　記録する手段もいる　大したことじゃない

誰に　袋担当の彼に　可能　袋に　食い物に　これらの単語　あいかわらず袋　私たちが見たとおり

袋　私たちが見たとおり　ときには私たちにとって単なる食糧庫以上のもの　ときには私たちの必要にもっとふさわしいものに見えもする

あいかわらずのこれらの単語　あいかわらずのそれらの場所に　第三部と最後の終わり　いま書いていること　沈黙の前の終わりに　止まらない喘ぎ　酸素不足の獣　泥に向かって少し開いた口　そしてあいかわらずの続き　喘ぎがやむとき　十の単語十五の単語　消え入りそうに泥にむかって

そして後で　ずっと後で　それがやむとき　まだ　これらの持続　神よ　十の他のもの十五の他のもの　私の中で　消え入りそうに　かろうじて一息　ついで口から泥に唇の端で口づけ　そっと口づけ

というわけで最後の推量をつなぎあわせて　これらの袋　これらの袋　理解すべき理解に努めるべき　無数の袋　そこに　私たちといっしょに　私たちの無数の旅のために　この狭い通路　一メートルか一メートル半　すべてがもうここに　出発の位置につき　私たちもそうしたように　みんなここに　あの行列の想像しがたい出発の位置につくが　いやこれはありえない

ありえぬこと　私たちがそうしなければならず　ずっとそうしていなければならなか

つたなどとは　そしてあいかわらず私たちのそれぞれは　自分の犠牲者を手に入れようとして　それぞれの旅で山々を越えるが　私たちの行列は　すでに見たとおり困難だとすれば　地勢　地質　理解しなければならない　無事故で　起伏はなし　私たちの正義

最後の推量　最後の数字　七七七七七七七番が七七七七七六番を棄て　それと知らずに七七七七七八番に向かい　すぐに袋を見つける　それなしに彼は遠出しないだろう　それを自分のものにして　旅を続ける　七七七七七六番も自分の番がくれば同じ旅をするだろう　七七七七七五番もそれに続く　以下同様　想像不可能な一番まで　そこで各人は出発するとたちまち自分の旅に必要な袋を見つけるだろう　もう到着寸前にしかそれを放さないはず　私たちが見たとおり

だからもしあらゆる袋が　私たちと同じく初めから現場にあるなら　まさにこの仮定通路にそれほど積もり積もったもの　そのうえ　小さな空間に集積されたもの　なにしろ私たちはそれを見た　各人は自分の虐待者を棄てたあとはすぐに自分の相手を見つける　そうでなければならぬ　もし彼が犠牲者を手に入れたいなら　もし彼がそれを手に入れることが望まれているなら

通路の入口の袋のうず高い山　進行は不可能で　考えられない最初の衝動が隊列を刺激してもたちまちそれは阻止され　それっきり不正として固まってしまう

すると左から右へ　または西から東に　来たるべき時間の暗い夜の中まで　棄てられた虐待者の酷い見世物　決して彼は犠牲者ではないだろう　ついで小さな空間　ついで彼の短い旅は終わり　食い物の山のふもとでぺちゃんこになっているのは　決して虐待者ではない犠牲者　ついで大きな空間　ついで別の棄てられたもの　以下同様で果てしない

なにしろ明白なことに　こんなふうに封鎖された旅路の切れ端の一つ一つ　旅路の線分の一つ一つは　あいつぐ二つの二人組の　あいつぐ二人の棄てられたものの間に挟まれ　それをどんなものと想像するかによるが　旅路は　旅路のことだが　出発前のまたは旅の途中の切れ端　線分のことだが　喘ぎが止まる　そしてまさに明白なこと一つ一つの切れ端　一つ一つの線分はこんなふうに封鎖され　同じ理由で私たちの正義も

こうして無限回繰り返す必要　第三部と最後　最後にいま書いていること　沈黙の前止まらない喘ぎ　私たちが可能であるように　私たちの結合　旅　遺棄　誰かを必要とすること　身内ではない　一つの知恵　どこか　一つの愛が　道すがら　適切な場所で　私たちの必要に応じて　私たちの袋を放置する

十メートル十五メートル　そして二人組または遺棄されたものの束に　位置につくのが出発前か　あるいは旅の途中かによって　そこが適切な場所

番号によって　それに例外的な能力が備わることになりうる　あるいはその采配が無数の助けをもたらす　ときには単純化するため　十秒十五秒　耳は彼のものに　クラムは消され　私たちのつぶやきは耳を要求する　砂漠の花になっても仕方がない

そしてこの最小の知恵　それなしに耳は私たちの耳みたいなもの　そして私たちの間には見つからない　この奇妙な私たちへの配慮　そして私たちには欠けている記録しようとする欲望と方法

積もり積もった役目はすぐわかる　よく考えてみれば　私たちのつぶやきを一つでも

聞き　それを筆記することは　すべてを聞き筆記すること

そして突然　袋たちに光があたる　どの瞬間に　二人の生の何かの瞬間に更新される
なにしろ私たちはそれを見た　それを見ている　棄てられた虐待者がつぶやくのは犠
牲者が旅するとき　またはそのとき鐘の音そして行列　まだそれはありうる　このと
おり　なけなしの光

ときにはこの声を誰のものとしよう　私たちみんなのクワクワ　その一部がここに
喘ぎがやむとき　十秒十五秒　最後のぼろ屑　まったく溜まりに溜まって　どんな状
態

ゆえに彼はここに　身内ではないもの　結局私たちはここに　ついに自分を聞くもの
そして私たちのつぶやきに耳を貸しながら　自家製の話を聞いているにすぎない　思
いつきばかりの言いまちがいの話　そしていつも大昔のみんな忘れた話で　私たちが
彼に泥につぶやくのにそっくり

そしてこの闇　泥の中の生　その喜びそして苦しみ　旅　睦まじい仲　そして棄てら

れ　たえず引き裂かれるただ一つの声で　私たちの半分　あるいはもう半分がそれを
吐き出すとおり　喘ぎがやむとき　彼がでっちあげたのとほとんど同じ生

そして飽くことなく　二十年か四十年おきに　どの数字が告げられるかにしたがって
彼は私たちのうち棄てられたものに大筋を知らせてやる

そしてこの匿名の声　つまり私たちみんなのクワクワ　まず外で四方八方から　つい
で私たちの中のぼろ屑　喘ぎがやむとき　ほとんど聞こえず　変質して　確かに声は
ここに　次に知らせがあるまでは　私たちが何ものであるかつぶやくのを聞く前に
声はそれを首尾よく私たちに教えてくれる

彼のおかげでそもそも私たちは生きる糧を奪われることも　したがって休止も中止も
ないまま前進する力を奪われることもない

その彼　なんと私はまだ引用しているが　彼はときどき自問しているにちがいない
これらの絶えることのない備給　伝達　聴取　そして筆記を　終わりにすることがで
きないか　私たちをある種の終わりのない存在に　破綻のない正義につなぎとめなが

ら　そう思うのは当然

そして結局彼はそれを別の方法で語ったほうが有利ではないか　たとえば一どきに私たちに知らせるという方法もある　孤独な旅人である私たちが　私たちの次にくる隣人の虐待者になり　そして棄てられた虐待者の犠牲者に変わるという変化　そんな変化は私たちのためにはならないということを

私たちの序列を横断して循環し　隠遁地のようなところに私たちの二人組と孤独をまぎれこませる　あの暗い雰囲気もためにならない　それは旅の孤独でもあれば遺棄された者の孤独でもある

しかし実際は　私たちは　想像にある第一番からやはり想像にある最後の者までみんなたがいにくっつき　肉同士を隙間なく絡みあわせている

なにしろ私たちはそれを見たから　第二部　ピムといっしょにどんなふうだったかふれあうほどの口と耳の接近は　肩のあたりで肉どうしが軽く重なり合う事態を招く

またこんなふうにじかに結ばれ合って　私たちのそれぞれが同時にボムとピム　虐待者で犠牲者　捨て駒に落ちこぼれ　原告被告　唖そして見つけた言葉の芝居　闇　泥の中　そこに何も訂正点はない

したがってここに最後の数　七七七七七七番　いつも彼　七七七七七八番の尻に缶切りをめりこませ　応答としてかすかな叫びを受けとる瞬間　私たちが見てきたとおり彼はすぐ頭蓋をたたいて叫びをやめさせる　同時に同じように七七七七七六番に刺激され　彼もまた不平をぶちまけ　これにまた同じ運命がふりかかる

ここの何かがおかしい

そして七七七七七六番に脇の下をひっかかれて彼が歌い　七七七七七八番から同じやり方で同様の成果をえるとき

以下同様　そして同じく連鎖にそって両方向に　私たちの他のすべての歓びと苦しみのため　この計測不可能な泥沼の想像不可能な端から端まで　私たちがたがいに獲得し忍耐するすべてのもの

確かに私たちの限界と可能性に照らして微妙にすべき定式化　しかし旅のすべて　遺棄のすべてをなくしてしまうなら　同時に袋と声クワクワのあらゆる機会をなくすという利点もあろう　それに私たちの中　喘ぎがやむとき

そして永遠に続くにちがいないと思われた行列　それを中止するのは私たちの正義私たちの誰一人傷つくことはなく　なにしろ前もって私たちの列を閉じることはせずに　それを中止しようとするなら　二つに一つ

二人組の時期にそれを止める　この場合私たちの半分は永遠の虐待者　もう半分は永遠の犠牲者

旅の時期にそれを止める　この場合　みんなにとって確かに保証付きの孤独　しかし正義の名においてではない　なぜなら人生は旅人に一人の犠牲者を与えるべきだが旅人はもうそれ以上犠牲者をもつことはない　同じく棄てられたものもそれ以上虐待者をもつことがない　人生は棄てられた者に一人の虐待者を与えるべきなのだが

そして他のもろもろの不平等　それらがもっと激しく喘ぐのには関知しないこと　一つだけで十分　最後のぼろ屑　最後の最後　喘ぎがやむとき　最後のつぶやきをつかもうとする　最後の最後

したがってまず私たちの身内ではないこのものにけりをつけること

終わりにすることができるという彼の夢　私たちの旅も　遺棄することも　生きる糧も　つぶやきも

そこから彼にふりかかるあらゆる種類の骨の折れる負担も

しかしながら私たちがみんないっぺんにこの黒い泥の下に　想像しがたい最後のものまで沈んでしまうところまではいかずに　もう何もその表面を汚しに来るものはないだろうが

正義において　そして私たちの本質的活動を保ちながら

この新たな定式　この新たな生とも言おう　それにけりをつけるため

突然の問い　私たちみんなの体がひと塊になっているのに　西から東へのゆるやかな移行をまだ私たちは実現していないのではないか　ぜひやりとげたいもの

もし虐待者としての私たちの利点が呑気にしていられることなら　犠牲者としては私たちは出発を促されている　このことをよく考えてはどうか

そして　それぞれの心で争っている二つの熱望のうち二つ目がまさるのは当然かどうか　ほんの少しのことにしても

なにしろ旅と遺棄のときについてそのことを私たちは見た　そしてそれを考えるとつくづく驚く　旅をするのは犠牲者だけ

彼らの虐待者は驚愕したみたいで　慌てて追いかけるかわりに　右足右腕　押しては引っぱり　十メートル十五メートル　そのままそこに　棄てられたのはたぶん彼らのもがきの代償　しかし私たちの正義の効力でもある

たとえそれが大騒ぎのせいで弱体化しようと　それは見えないこと
誰にとっても同じ義務が生じる　まさに希望なしに追跡しながら　怖れなしに逃亡す
るということ

そしてこんな遅くになってもまだ別の世界を思い描くことができるのか
私たちの世界と同じくらい公正だが　これほど立派に秩序だってはいない世界が

たぶん一つ　こんな戯れを匿《かくま》ってくれるかなり慈悲深い世界がたぶん一つ見つかる
そこでは誰も決して誰も棄てはしない　誰も決して誰も待たない　二つの体がふれあ
うこともない

そしてもし私たちを養う糧がないまま　存在しない平和にむかって西から東へ　確か
に蓄積される私たちの苦痛にあやかって　こんなふうに這って動くことができるのが
奇妙に見えるなら　私たちはこう考えるように促される

つまり私たちの同類にとって　人が私たちにどんな話をでっちあげようと　叫びやそのうえ彼からもぎ取られた溜め息の中にはもっと養分があり　彼の沈黙だけが幸せあるいはついに使い道を忘れたかもしれない者から強奪された言葉の中には　鰯缶よりはるかに養分がある

だからこれら全部にけりをつけるため　ついに最後のぼろ屑　最後の最後　喘ぎがやむとき　この声に　同じくこの生にけりをつけるため

この私たちの身内ではないもの　このぐだぐだ繰り返す狂人　彼もうんざりして自分にけりをつけようとしている

彼も手の内に　私はあいかわらず引用するが　解決策を隠しているのではないか　はるかに単純な　もっと根本的な策を

一つの定式化　彼を最後の最後に抹消すると同時に　この休息の道を開いてくれるもの　少なくともこの形容しがたいつぶやきを私だけの責任にしてくれるだろう　ほら

ここに結果として　ついにその最後のぼろ屑　最後の最後

私が自問するはずの問いの　そして私が自分に与えるはずの答のおなじみの形式でいかにそれがありえないものに見えようと　最後のぼろ屑　最後の最後　喘ぎがやむとき　最後のつぶやき　最後の最後　どんなに奇妙に見えようと

もしかしてこれらすべて　これらすべて　そう　これらすべてではない　何と言うか答がない　これらすべて嘘ではないか　そう

これらの計算すべて　そう説明　そう　つぎはぎだらけの物語全体　そうまったく嘘そう

そんなふうにはならなかった　そう　まったく　そう　しかし　どんなふうに　答がない　どうなったか　答がない　**どうなったんだ**　わめき　よし

何かが起きた　そう　しかしこれらすべては何も　いや　つぎはぎのでたらめ　そうこの声クワクワ　そうでたらめ　そう一つの声だけ　ここに　そう私の声　そう喘ぎ

がやむとき　そう

喘ぎがやむとき　そう　それなら　ほんとうだった　そう喘ぎ　そうつぶやき　そう闇の中　そう泥の中　そう泥にむかって　そう

信じることも難しい　そう私が声をもっているなんて　私そう私の中そう喘ぎがやむとき　そう別の瞬間のことじゃない　いや　それに私がつぶやいているなんて　そう闇の中　そう泥　そう何にもならない　そう私そう　でもそれを信じなくては　そうそして泥　そう闇　そう　ほんとう　そう泥　そして闇　みんなほんとう　そう　そこに　何も後悔することは　なし

しかしこれらの声の話　そうクワクワ　そう別世界　そう他の世界の誰かの　そう私はその誰かの見る夢みたいなもの　そう　いつも彼は夢を見ているんだろう　そういつも物語っているんだろう　そう彼のなけなしの夢　そう彼のなけなしの話　そう手放した袋のこんな話　そう綱の端の　たぶん　そう私を聞く耳の　そう私への気づ

かいの　注意力の　そう　でたらめばかり　そう　クリムそしてクラム　そう　でたらめ　そう

そしてあの彼方の話　そう光　そう空という空　そう　わずかな青　そう　わずかな白　そう回る地球　そう明るい　そして少し明るい　そう　ささいな場面　そう　でたらめ　そう女たち　そう犬　そう祈り　故郷　そう　でたらめ　そう

そしてあの行列の話　答はなし　あの行列の話　そう行列なんかなかった　いや旅もなく　ピムもボムも決して存在したことはなく　誰もいたことはなく　いや私だけ答はなく　私だけ　そう　それなら　これはほんとうだった　そう私　これはほんとうだった　そう　そして私　私の名前は何　答はない　**私の名前は何**　わめき　よし

私だけ　とにかく　そうそれだけ　そう　泥の中　そう闇　そう　それでいい　そう泥と闇でいい　そう　そこに何も後悔することはない　いや　私の袋のことで　いやなんだって　いや袋もない　いや袋ひとつもない　私といっしょじゃない

私だけ　そうそれだけ　そう私の声とともに　そう私のつぶやきとともに　そう喘ぎ

がやむとき　そう　みんなそれでいい　そう喘ぎながら　そう　ますます激しく　答はなし　**ますます激しく**　そう腹這いにぺちゃんこになり　そう泥の中　そう闇　そうここで何も訂正することはなく　いや腕は十字に　答はなし　**腕は十字に**　答はなし　**はいかいいえか**　はい

這って進んだことはなく　側対歩　いや右足右腕　押しては引っぱり十メートル十五メートル　いや動いたことはなく　いや苦しませたことはなく　いや決して苦しんだことはなく　答はなし　**決して苦しんだことはなく**　いや決して棄てたことはなくいや決して棄てられたこともなく　いや　そういうわけで　これがここの人生　答はなし　**これがここのわが人生**　わめき　よし

泥の中で一人　そう闇　そう確か　そう喘ぎながら　そう誰かが私を聞き　いや誰も私を聞かず　いや　ときどきつぶやきながら　そう喘ぎがやむとき　そう他のときではない　いや泥の中　そう泥に向かって　そう私　そう私自身の声　そう他人のじゃない　いや私一人の　そう確かにそう　喘ぎがやむとき　そう　ちらほら　なけなしの言葉　そう　なけなしのぼろ屑　そう誰も聞きはしない　そう　でも　さらに乏《とぼ》しく　答なし　**さらに乏しく**　そう

それなら　変化があるかもしれない　答はなし　終わること　答はなし　私は息がつまるかも　答なし　呑み込まれる　答なし　もう泥を汚しはしない　答なし　闇　答なし　もう沈黙を破ることはない　答なし　くたばる　答なし　**くたばる**　わめき
私はくたばるかもしれない　わめき　**私はくたばるだろう**　わめき　よし

よしよし　第三部と最後の終わり　このとおり　どんなふうだったか　引用終わり
ピムの後　どんなふう

01 万聖節　すべての聖人、殉教者を讃えるカトリックの祭日（十一月一日）で、ハロウィンは、その前日に行われる異教が起源の祭日。

02 側対歩　左手と左足を同時に前へ、右手と右足を同時に前に出して進む歩き方（走り方）、同じ側の足を同時に前へ進める馬の走法（アンブル）のことでもある。

03 ベラックワ（Belacqua）　ダンテ『神曲　煉獄篇』第四歌に登場する。ダンテと親しい楽器作り職人がモデルであったが、臨終まで悔い改めをためらった罰として、煉獄の門の前（煉獄前域）で、もう一生にあたる時間だけ待たされる。初期からベケットの作品に頻出する名前。

04 金曜に笑う連中　「金曜に笑うものは、日曜に泣くだろう」という諺に因むものか。その出典はジャン・ラシーヌ『訴訟狂』。

05 マルブランシュ　フランスの哲学者（一六三八 - 一七一五）、デカルトの思想を踏襲しつつも、心身の結合は、神によってもたらされるとする「機会原因論」をとなえた。若いベケットが強い影響を受けた十七世紀オランダの哲学者ゲーリンクスもまた「機会原因論」を主張した。

06 **竈**（four）　英語版ではエレボス（Erebus）となっている。エレボスはもともと大地と冥界の間の闇を意味し、ギリシア神話においてはカオスから生まれて暗黒を体現する神の名となった。

07 ヘラクレイトス　古代ギリシアの哲学者。文体の難解なことから、「晦渋なるヘラクレイトス」と呼ばれてきた。アリストテレスは、句読点のないその文章の、脈絡の不明なことを『修辞学』で指摘している。ベケットの本作にも句読点がないことは、その反映であるのかどうか。

08 タレイア　ギリシア神話中の女神であり、三美神カリスの一人。

09 アブラハムの懐　「この貧しい人がついに死に、御使たちに連れられてアブラハムのふところに送られた」(『ルカによる福音書』第16章 - 22)。

10 ヘッケル　エルンスト・ヘッケル（一八三四 - 一九一九)、生物学者でプロイセン時代のポツダムに生まれた。

11 クロプシュトック　フリードリヒ・ゴットリープ・クロプシュトック（一七二四 - 一八〇三)、ドイツの詩人。アルトナは、現在はハンブルクの一部となっているエルベ川河畔の区域。

12 ノヴァヤゼムリャ　北極海にあってヨーロッパ最北端のロシア領の島。

13 バラーストオフィス　港湾管理局（Ballast Office）はダブリンにあった建物で、標準時間を伝えるための報時球が屋上にそなえられていた。ジョイス『ユリシーズ』の第二部八に、ブルームがこれを見る場面がある。

14 聖アンデレ十字　X字型の十字で、十二使徒のひとりアンデレはこの形の十字架で処刑されたといわれる。アンデレはスコットランドの守護聖人であり、聖アンデレ十字が国旗にも用いられている。

15 F　フランス語で終わりを意味する fin の頭文字。

16 黒い鬼婆　ギリシア神話中のアトロポスのことか。運命の三女神モイライのひとりで、運命の糸を紡ぎ、その長さを測る二人の神に対して、アトロポスの役割は運命の糸を断つことである。

17 十二・五とは十、十五メートルの間の平均にあたる数、すなわち一行程（étape）の長さ、原文では「一年で三十七から三十八メートルを私らは進む」とあるが、「一年」ではなく「一段階（phase）」とすべきと思われる。

訳者あとがき

宇野邦一

1　ベケットの「地獄篇」

サミュエル・ベケットは、『モロイ』（一九五一年）『マロウン死す』（同）『名づけられないもの』（一九五三年）という三つの長編小説をフランス語で書いたあと、それらをみずから英訳した（ただし『モロイ』は共訳）。この時期には戯曲『ゴドーを待ちながら』も書かれて、ベケット文学のまぎれもない独創性が集中的にかたちを現したのである。

少し時間を経た一九六一年には、やはりフランス語で書いた *Comment c'est* を、一九六四年にはその英語版 ***How*** *it is* を刊行した。この作品によって、一連のきわめて実験的な長編小説の創作は、ある極限に達し、完遂されたかのように見える。もちろんそれは「完成」などではありえず、構成要素を分解し、選別し、点検しながら最小化していく徹底的な実践であり、一連の長編小説に注がれてきた発想は、その後も数々の短い散文や劇作、そして映像作品を通じて、さらに実験され、様々に変奏されていくのだ。

本書は、片山昇氏による邦訳では『事の次第』（一九七二年、白水社）と題されていたその作品 *Comment c'est* の新訳で、タイトルを『どんなふう』と、ほぼ原語にあわせることにした。原文はどこにも句読点のない断章からなり、すでに散文として例外的であるが、ミニュイ版の表紙にはタイトルの下に確かに roman（小説）と記されている。[01]『事の次第』は、日本語の文を句読点も空白もなしに続けていたが、原文には句読点がないといっても、単語の間のスペースは保持されている。そこでやや恣意的にはなるが、句読点のない原文の脈絡の〈あいまいさ〉は尊重しながらも、読みやすいようにスペースを設けることにした。

まず外部のざわめき、声、鳴き声、お喋り（クワクワ）等々があり、内部には喘ぎ、言葉にならぬ声、それがやむときには、どうやら言葉を発する声が聞こえる。それを聞く耳、それを理解する頭、聞いたことをさらにつぶやく声、それを記録する手、この本の語り手は少なくとも、そのような諸要素とともに語っているようだが、記録する手、つぶやく声は、語り手のものであるのか、それぞれの要素が誰に属し、どこに位置するのか確かではない。「いま書いている」ことが、この本そのものか、本の一部なのか、それさえも定かではない。『名づけられないもの』で、どこなのか、いつなのか、誰なのか、まったく不明で混沌のままに進んだ記述は、ここでも続行され、誰かが泥のなかで這いまわっている状況だけが確かである。

とにかく外部の声と内部の声、声を発する者、それを聞く耳、それを語る声があり、それを筆記する者がいる、そして様々な記述が異なる「手帳」に記録されている、とも書いてある。それなら声を発する者の思考も、声を言葉として理解する思考も複数あるはずだが、それらすべてが「私の中」にある、ともしばしば言われている。それらが分散して、くんずほぐれつするうちに、やがて別の人物ピムの登場となり、構成要素の複雑さは増大するが、すべてが、ピムと「私」の間の犠牲‐虐待の関係という主題に、明快に還元されるようにも見える。しかしこのカップルは次々反復的に増殖し、たちまち百万人の行列にまで膨張して、始まりも終わりもない泥の中のゲームを展開するのだ。展開とはただ反復にすぎない。いつも「何かがおかしい」反復であり、反復しているのは実はベケットの〈エクリチュール〉にすぎず、しかも反復は厳密ではなく、厳密でないがゆえに反復が可能である、というふうでもある。

そのうえすべては泥そして闇の中で起きることである。ベケットが学生時代から愛読していたダンテ『神曲』の地獄篇第七歌には、泥沼のなかで憤怒し争い続ける群れが描かれている。「目をこらしてみると、その沼地のなかに　泥まみれの魂たちが見えた」。地獄に落ちたその魂たちは、たがいの肉を食いちぎっていさかい、いまは「黒い泥んこに身をかこつ始末」で、泥を呑みながら、「このご詠歌を喉でごろごろやっているのは、言葉に出して　はっきり物がいえないからだ[02]」。『どんなふう』はベケットの書いた、もうひとつのささやかな「地獄篇」のようでもある。しかしその実験性は、決して「ささやかな」域にとどまるものではない。

「世界は泥でしかない」。若いベケットが『プルースト』の冒頭のエピグラフに引用していたジャコモ・レオパルディの詩の一節である。「この大地はどんなため息にも値せぬ。苦渋と倦怠ばかりが人生で他は無。世界は泥である[03]」。若いベケットは、プルースト論を書いた時代に、ショーペンハウアーとともにレオパルディにも傾倒していたようだ。ベケットのペシミズム（生の嫌悪）は一見明らかである。しかし、その強い否定は、生の何に対して向けられたものか。そのことには、厳密に注意深く対する必要がある。強度のペシミズムによって、むしろベケットが肯定しようとしたものが確かにあった。泥は破壊され腐植したものの混沌であるだけではなく、豊饒《ほうじょう》な生の源でもありうる。

こうして泥の中を這って進む人物たちの奇怪な物語が続けられるが、何が起きているかが語られるまえに、それを語るきれぎれの声、それを引用してつぶやく声、それを筆記する者等々の間で、語りはたえず浮動し、寸断されている。そのように語りを構成する要素と条件がたえず観察され、しかもそれらは変動するようで、語りの内容もまた、たえず語りの要素や条件に言及する言葉のあいだに浮き沈みするのだ。いわゆるナラトロジー（説話論）は、ナレーションの語り手が誰か（それは必ずしも作者ではない）、ナレーションの内容は誰の観点から見られたことか（それは神の視点でもあれば、語り手とは異なる登場人物の視点でもありうる）と問いながら、ナレーションの機構やタイプを体系的に研究しようとしたが、ベケットはそれ以上にナレーションの要素を分析し、分割し、分裂させ、いわば機能不全に陥らせるようにして、そこになお異型の語りを出現させようとするのだ。他方、この「地獄篇」は、物語を破壊し混沌の中に投げ込むという意味では、物語の地獄でもある。

2　語りの諸要素、語りは可能か

さしあたって何が、どのように語られるかについて、どのようにベケット独自の「地獄篇」が展開されるかについて、訳者の印象を書き始めたが、『どんなふう』がどのような作品であるかを作家自身が手紙で簡潔に説明していた。読者が受けとる印象や意味の振幅が例外的に大きいはずのこのような作品を、ベケット自身も決して一方的に決定することなど望んだはずもないが、とにかく彼自身による説明を無視するわけにはいかない。

一人の「男」が泥と暗闇の中であえぎながら横になっており、彼の「人生」をつぶやくのだが、その間に彼は自分の内部の声によってそれが不明瞭に語られるのを聞いている。この語りは、作品全体を通して、かつて「四方八方からクワクワ」というように聞こえた外部の声の断片的回想として記述される。最後の部分で彼は声の重みを、それが語る物事の嘆かわしい語りとともに引き受けざるをえなくなる。自分の喘ぎで耳がいっぱいになるので、喘ぎがおさまったときだけ、そこで言われていることの断片をつぶやきながら知覚し、吐き出すことができる。この作品は三部からなる。第一部では暗闇と泥のなかの孤独な旅が、ピムという名で知られる同類の生き物を発見することで終わる。第二部はピムとの生活で、二人とも暗闇と泥のなかで動かず、ピムが去ることで終わる。第三部は暗闇と泥のなかの不動の孤独。「クワクワ」と言う声、その内面化、喘ぎが止まったときのそのつぶやき、これらが起きるのは第三部である。つまり「私」は始めから第三部にいるのであり、第一部と第二部は、現在において聞かれるかのように提示されるが、すでに終わっているのだ。[04]

断続的にせよ、とにかく一つ（あるいは複数）の語りがあり、その記録のようにして書かれた作品がある。『どんなふう』は、その語り、書く「過程」をたえず進行中のこととして作者が（あるいは誰かが）、観察し注視し続ける小説である。観察、注視は、「進行中の出来事」だけではなく、出来事を語る行為自体がどのように成立しているかにも及ぶ。そして同時に、出来事と語りの双方に、真実か、正義か、その意味は何かという問いが及ぶのである。

〈物語〉についてそんなふうに問い始めると、語ることも書くことも、ほとんど不可能なようだが、それでもきれぎれの言葉が浮き沈みする。泥のような言葉を呑んだり吐いたりする。あるいは悪夢のなかで、地獄の泥のなかに投げ込まれ、そこで虐待したり、犠牲になったり、いさかいを続け、呻きのあいまにつぶやく。かろうじてそんなふうに語り、語られたことの重荷ばかりか、語ることの重荷まで引き受けることになる。そういう状況、あるいはそんなふうに語る機械の作動を思い描く。この語りとともに、出会いや旅を繰り返し、虐待し犠牲になる責苦を反復する。そんな状況を想像し実験する話者‐書き手がいる。語りは、しばしば出来事と語りの進行が両方とも不調であること（「ここの何かがおかしい」）を引き受けるようにして語り続けるのだ。もはや誰が語るわけでもなく、語りが語り続ける。

誰かが語っているとして、いったい語ることは、何から構成されているのか。いずれにせよ、そこには声があり、言葉があるようだ。しかし声なのか、言葉なのか。いや思考や記憶があるにすぎないのか。むしろすべては幻聴で、沈黙しかないのではないか。

『名づけられないもの』でも、戯曲『わたしじゃない』でも、声は私に、私は声に、たえず問いかける。この声は私の声ではない、それは私の声でしかないが、私は声をもたない、いったい誰の声か、というふうに声をめぐって、たえず声を引き裂く疑問は、もちろん私を引き裂き、声と私の間を引き裂き、名前を引き裂き、名前と私の間を引き裂くのである。

3　声の物語、物語の地獄

若いときドイツ語で書いたベケット文学のマニフェストのような手紙で、「私たちは言語を一時に無くしてしまうことは出来ないので、少なくともその信用失墜に寄与しうるものは何も無視してはなりません。そこに次々と穴をあけること。その背後に潜んでいるものが、何であれ、何でもないものでも、滲《にじ》み出てくるまで[05]」とベケットは書いた。言語の破壊をもくろむかのようなこの手紙は、まず外国語（ドイツ語）で書かれなければならなかった。このもくろみは、やがて声にも、語りにも、人称にも及んで行った。

「袋　缶詰　泥　闇　沈黙　孤独　さしあたってこれで全部[06]」、しかしこれ以外にも、内部と外部の声、一つの肉体、そして声とともに、それと一致し、あるいは一致しない思考があり記憶がある。とりわけ声があり、言葉よりも声がある。泥も缶詰も袋も、語る声によって存在し、語られることによって存在するだけだ。そして声があるところには最小の演劇がある。それが言葉であれ、言葉にならない呻きであれ、言葉の「ぼろ屑」であれ。

ときにその声は、思い出の断片を語り、少し詩のように、物語のように、回想の中の場面を描写するかのように語り、とりわけ生起し、進行しつつあることを語るが、むしろ語りによって、何かを生起させ、進行させる。ときにはギリシア神話を引用し、哲学さえ参照するようで、語り手は、なかなか博学でもある。数学というほどではないが、語られる人物のあいだに起きる出会いや諍い、生起し進行し反復される事態を図式として把握し、すべてが規則にしたがって生起することを証明しようとする。しかしいつも「何かがおかしい」。すべてが図式と規則にしたがうゲームのようだが、それは声が恣意的に構成していることにすぎず、その声ももうすぐ不可能になる、と言われる。地獄の泥の中の時間つぶし。いや図式を考えることも、計算することも、図式にしたがう行動を想像することも、みんな煉獄の前の退屈しのぎにすぎなかった。しかし「正義」（justice）という言葉が頻繁に出てくることは無視できない。「正しい」（c'est juste）。図式が「正しい」ことだけではなく、どうやらある「正義」が、あるべき倫理、道徳、真理が追究されているかのようである。しかしその「正義」の正体も、ついに明らかになることはない。

第一部にはまだ、思い出を語る抒情詩のかけらのようなくだりが含まれていた。第三部では、むしろ図式と数字をめぐる思考が執拗に続けられる。孤独、虐待、旅、犠牲の過程を、自動機械のように果てしなく繰り返す人間たちの空しい生活が描かれるが、すべてはたったひとりの「私」の幻想にすぎないとも言われる。この一見、精密に設計された地獄の仕組みには、何か深い哲学的、宗教的、思想的見解が含まれているかもしれないので、それを粘り強く読み解くこともできよう。ベケットが主に一九三〇年代に作成していた「哲学ノート」[07]を参照し、『どんなふう』をすみずみまで哲学にかかわる表現として読み解こうとした徹底的な研究さえ現れている。[08]マルブランシュ、ヘラクレイトスくらいしか哲学者の名前は出てこないが、『どんなふう』は、哲学や神学の概念をしばしば想起しながらも、むしろそれらをほとんど言葉のぼろ屑に、泥と化した言葉の間に解体するかのような一面をもっているのだ。

一九七〇年にまずフランス語で発表された「人べらし役」[09]は、入口も出口もない円筒形の建物に閉じこめられた人々の話であった。例によって、どこの誰が、なぜそこにいるのか説明はない。周囲の壁の高い所にトンネル状の穴が開いていて、他の穴に通じていることもあるが、どこにも行きつかない。しかしその穴に昇ろうとして、人びとは競って梯子を手にいれようとする。どの梯子にも横木が欠けていて容易には昇れない。梯子を昇るために列を作るもの、穴の中にしばらく滞在するもの、諦めて床に蹲《うずくま》っているもの、争うもの、抱きあうもの、交接しようとするもの。地獄には見えないが、これは「人べらし」のための装置であり、まったく抽象的、機械的に作動する閉鎖空間である。

とりわけ『モロイ』、『ゴドーを待ちながら』以降のベケットは、ダンテの描いた地獄にも煉獄にも似ているが、まったく抽象的な条件しかもたない閉鎖空間での反復的運動を主題とするテクストを書き続けた。それはある種の収容所的空間であり、また地獄の機械（machine infernale）を描き出すテクストでもある。そもそも『ゴドーを待ちながら』さえも、その端的な例であった。ウラジミールとエストラゴンは監禁されているわけではないが、ひたすら「待つ」ことしかなすことがない時空に閉じこめられた人物であり、すでに二人の人物はそこで、ただ時間つぶしの無為な会話と行為を反復するしかない〈待つ機械〉を構成していた。『クワッド』に代表される晩年のテレビ用の映像作品もまた、密室での同じ行為の図式的な反復から構成されている。そして『どんなふう』こそ、泥のなかのつぶやきとともに、孤独な旅の時間から、他の人物に出会いその人物を虐待し、やがてその人物を失ってはまた孤独にもどり、次には新たに出会った人物に虐待され、やがて別れて孤独にもどるという過程を反復し、その前後の人物も同じことを反復するという反復機械を構成し、その過程を、泥のなかの人物の切れ切れのつぶやきを記述し続けるという形で執拗に追求したテクストなのである。

ベケットの読者なら、生誕そのものがすでに墓石にまたがった子宮から、死にむけて産み落とされるような出来事だというベケットの繰り返し記した強迫的観念を知っているだろう。この反復機械は、そういう強迫によって起動されている。もちろんそれがベケットの独自のユーモアであり、それ以上に『しあわせな日々』というような作品タイトルに表現された、ささやかな生の肯定でもあり、またテレビ作品がしばしばシューベルトやベートーベンの曲とともにあったように、ある音楽的表現であることも忘れられない。厭世であり、しかもささやかな肯定であり、ユーモア、音楽でもある地獄（煉獄）の機械。こうして反復強迫からなる地獄の物語（物語の地獄）は、声を引き裂く声の物語、物語を引き裂く物語の地獄と一体のものとして、変奏され、凝縮されていったのだ。

4　声からイメージへ

ベケットの後期作品がとりわけ、声についての一貫したオブセッションとともにあったことは忘れがたい。『どんなふう』にたどり着く前の、もう一つのカオス的作品『名づけられないもの』には、次のように「声」を問題にするカオス的なくだりがあった。

このお喋りな声、自分が嘘つきだとわかっていて、自分の言うことに無関心で、たぶん老いすぎて、ついに声を黙らせる殺し文句を言うにはあまりにはにかみ屋で、自分が無駄な存在だとわかっており、役立たずで、自分を聞くことがなく、自分が引き裂く沈黙に注意を傾けるだけ、そこで、たぶんある日、到来と訣別の明瞭な長い溜息がまた声に忍びこんでくるだろう。あれはそんな声だったのか。私はもう問わない。もう問いはない、もう問いを知らない。声は私から出て、私を満たし、私の壁にむけて叫ぶ。それは私の声ではなく、私は止めることができず、それが私を引き裂き、揺さぶり、閉じ込めるのを阻止することもできない。

それは私の声ではなく、私にそんなものはなく、声なんかなく、しかも私は喋らなくちゃならない。わかっているのはそれだけで、このことをめぐって堂々巡りしなければならず、私の声ではない声で、私の声でしかない声で、このことを喋らなくてはならない。なにしろ私しかいないし、私以外に誰かいるなら、この声は誰に属するというのか……[10]

その声は私の声のなかに編みこまれているようで、私が誰か、私が何か、私自身が言うことを妨げた。それが言えるなら私は黙ることができ、もはや聞かなくてもいいようになるはずだったのに。そして今日もまた、やはり彼として話すために、彼は私を苦しめることはないが、彼の声がやはり私の声に入り込んでいる。しかし以前ほどじゃない。もはや更新されないなら、その声はいつか私の声から消えてしまうだろう。そう望みたい、すっかり消えてもらいたい。しかしそのために私は喋り、喋らなければならない。[11]

やがて声の「問題」は、暗闇の中に浮かぶ口の発する声だけの演劇『わたしじゃない』において集中的に問われることになった。

『どんなふう』の声は、外の声、内の喘ぎ、叫び、吐息、そして声、それを聞いて繰り返すつぶやき、おそらくそれを記録するものの内でも繰り返されるつぶやき等々であり、つぶやきのつぶやきのつぶやき……は、あいついで虐待者となり犠牲者となる旅人たちの連鎖のように果てしなく連鎖するとも言える。そして一つの声には、たえず外の声が忍び込む。声は、歌、音楽でもある。この果てしない声の機械と、図式的な強迫的反復の〈地獄機械〉とは、しばしば一体である。しかし声も、反復する地獄も、決して最終的要素なのではない。むしろ最終的要素はイメージであり、声のイメージなのだ。「空の青と白　一瞬　まだ四月の朝　泥の中　終わった　できあがりそれは消える　私はイメージを手に入れた[12]」。「停止　うたたね　鰯一匹またはそんなもの　泥の中の舌　なけなしのイメージ　音なしの言葉[13]」、もちろんそのイメージにも終わりがあるようだが、それがいよいよ限界をしるす要素であることは確かだ。ベケットのテレビ用作品は、限界の声、限界のイメージを、最後に（また終わるために）記そうとする試みであった。出口のない空間を描く出口のない作品のように見えるが、いたるところに出口は発見されていた。ささやかな地獄、反復、機械、声、それらが浮かび上がらせる奇妙な〈自由〉と、あえて言おうか。むしろそこにはベケット独自の〈天国篇〉さえも、かすかな予兆のように描かれていたのではないか。

＊

思いがけずベケットの三つの長編小説を新訳することになった後に、この『どんなふう』まで手がけるとは、何の「因果」だろうか。こんな言葉まで浮かんでくる理由が確かにあった。『モロイ』から『名づけられないもの』という破格の散文まで、ベケットの実験はもう後がないところまで行きついたと思えたのに、もう一冊この怪作が残っていた。集中して読み解こうとしても、不連続だらけの言葉のクレヴァスに落ちて、どこにいるかわからなくなる。およそスムーズに進むことのない翻訳を進めながら、この印象がずっと続いていた。イメージが浮かばないときは、ひたすらリズムに感応するようにして言葉をつぎたしていくが、原文の言葉をつらぬく強固な論理のようなものが見えてきて、こんどはそれに躓く。訳者もまた作品中の、泥の中を這う旅を強いられる。そういう作品なので、未だ翻訳を完成させたという実感がもてない。しかし訳者にとっては、ベケットの書き方の特異性を、細部にいたる「息のめぐらし」まで感じとるまたとない機会になった。訳者の事情ばかり述べているが、いったい読者がこれをどう読まれるのか、この本に関しては想像がつかないのだ。

最後に、お世話になった方々に謝意を表したい。

この本の最初の邦訳、片山昇氏による『事の次第』は、しばしば参照させていただいた。氏の訳文は、不連続で読解が難しいところを、あえて踏み込んで意味づけしてあるところがあり、それも含めて細部の読み方に示唆されることが多々あった。

The Space of vacillation というすぐれた著作のほか、ベケットを思想的に読解する論を数々発表してこられた筑波大学の対馬美千子さんには、訳稿について貴重な指摘をしていただいた。

画家の三井田盛一郎さんは、ベケットの長編三作訳から本書にいたるまで、作品を精読しつつ原稿の余白にデッサンを描くという作業を経て、数えきれない版画を制作してきた。その作業から出現したイメージは、翻訳作業にも還流してきたように思う。小池俊起さんには、その版画をもとに今回も適確な装丁を考えていただいた。本書を手に取った読者にはカバーの内側、本体のデッサンにも着目していただきたい。

河出書房新社の島田和俊さんには、この異例な翻訳作品の編集や点検の作業を周到にすすめていただき、同社の吉住唯さん、撰木敏男さんにもご助力をいただいた。

二〇二二年九月十一日

註

01 この訳書は、底本として Samuel Beckett, *Comment c'est*, Les Éditions de Minuit, 1961/1975 を用いた。ベケット自身によるその英訳版 *How it is*, Faber & Faber, 2012/10/4, Kindle Edition を参照している。

02 ダンテ『神曲・地獄篇』三浦逸雄訳、角川ソフィア文庫、八一ページ。

03 Yves Bonnefoy, *Keats et Leopardi. Quelques traductions nouvelles*, Paris, Mercure de France, 2000, p. 66–67. 拙訳による。

04 The Letters of S. Beckett *III*, 1957–1965, Cambridge University Press, 2014. p. 326–327. (to Donald McWhinnie, April 6th 1960)

05 S. Beckett, *Disjecta, Miscellaneous writings and a dramatic fragment*. Grove Press, 1984, p. 172.

06 本書、八ページ。

07 *Samuel Beckett's 'Philosophy Notes'*, Oxford University Press, 2020.

08 Anthony Cordingley, *Samuel Beckett's How it is: Philosophy in Translation*, EUP, 2018.

09 S. Beckett, *Le Dépeupleur*, Les Éditions de Minuit, 1970/1990.

10 ベケット『名づけられないもの』宇野邦一訳、河出書房新社、三四 - 三五ページ

11 同、三九ページ。

12 本書、四四ページ。

13　本書、一五七ページ。

サミュエル・ベケット｜Samuel Beckett
1906−1989

アイルランド出身の小説家・劇作家。1927年、ダブリン・トリニティ・カレッジを首席で卒業。28年、パリ高等師範学校に英語教師として赴任し、ジェイムズ・ジョイスと知り合う。30年、トリニティ・カレッジの講師職を得てアイルランドに戻るも翌年末に職を離れ、その後パリに舞い戻る。33年末から35年末にかけて鬱病の治療を受けにロンドンで暮らし、一時は精神分析を受ける。その後ダブリンやドイツ各地を経て37年末に再びパリへ。38年、路上で見知らぬポン引きに刺される。39年夏に一時ダブリンに戻るも、フランスがドイツと交戦状態に入ってまもなくパリへ戻る。戦中はフランスのレジスタンス運動に参加。秘密警察を逃れ、南仏ヴォークリューズ県ルシヨン村に潜伏、終戦を迎えた。46年頃から本格的にフランス語で小説を書きはじめる。小説三部作『モロイ』『マロウン死す』『名づけられないもの』は47−50年に執筆、51−53年にミニュイ社より刊行された。52年『ゴドーを待ちながら』を刊行、53年1月にパリ・バビロン座にて上演。これらの作品は20世紀後半の世界文学の新たな創造を先導することになる。69年、ノーベル文学賞を受賞。映像作品を含む劇作や短い散文の執筆を、フランス語と英語で晩年まで続けた。

宇野邦一｜うの・くにいち

1948年生まれ。哲学・フランス文学。著書に『土方巽——衰弱体の思想』、『〈兆候〉の哲学』、『ドゥルーズ——群れと結晶』、『政治的省察』、『ベケットのほうへ』など。訳書にベケット『モロイ』、『マロウン死す』、『名づけられないもの』、『伴侶』、『見ちがい言いちがい』、アルトー『タラウマラ』、ジュネ『薔薇の奇跡』、ドゥルーズ『フランシス・ベーコン』など。

Samuel Beckett
COMMENT C'EST, 1961

どんなふう

2022年10月20日　初版印刷
2022年10月30日　初版発行

著者　サミュエル・ベケット
訳者　宇野邦一
発行者　小野寺優
発行所　株式会社河出書房新社
〒151-0051
東京都渋谷区千駄ヶ谷2-32-2
電話03-3404-1201（営業）
03-3404-8611（編集）
https://www.kawade.co.jp/
印刷　株式会社亨有堂印刷所
製本　加藤製本株式会社

Printed in Japan
ISBN978-4-309-20867-1

宇野邦一 個人訳
サミュエル・ベケット
小説三部作

モロイ

マロウン死す

名づけられないもの